# 거꾸로 흐르는 강

한나와 천 년의 새

# La Rivière à l'Envers Hannah

Jean-Claude MOURLEVA

# 아무도 흐르는 강

## 한나와 천 년의 새

장 클로드 무를르바 장편소설 | 임상훈 옮김

문학세계사

# 차례

에필로그

# 프롤로그

내가 말했잖아 토멕, 네 잡화상 문을 밀고 들어가기 전까지 내가 얼마나 상상도 못 할 모험을 했는지. 그런데 말이야, 네가 향수 마을에서 깊은 잠에 빠져 있는 동안, 또 그다음 네가 잠에서 깨 넓은 바다를 건너고 있는 동안 나는 더욱 믿을 수 없는 모험을 했단다. 넌 내게 가끔 말했지? 그 많은 시간 동안 어디서 무엇을 하고 있었느냐고……. 자, 이제 너에게 그 이야기를 해 줄 시간인 것 같아.

그전에 한 가지 말해 줄 게 있어. 그건 말이지, 너 이외에는 어느 누구도 이 이야기를 들어 본 적이 없다는 거야. 그리고 앞으로도 없을 거야. 왜냐고? 그 이야기들을 해 봤자 아무도 믿지 않을 테니 말이야. 아마도 사람들은 다 지어낸 이야기라고, 꿈을 꾼 거라고, 아니면 내가 미쳤다고 할걸.

토멕, 너만이 나를 믿어 줄 거야. 너도 나와 함께 그 많은 모험을 했으니 말이야. 이 이야기는 내가 너에게 줄 수 있는 최고의 선물이 될 거야. 물론 너에게 줄 수 있는 선물은 수없이 많겠지. 그중에는 정말 신기한 것들도 있을 테고. 이런 거 들어 봤니? 손바닥 위를 마구 달리는 조그만 모형 말들, 한밤중에 혼자 소리를 내곤 하는 피리, 절대로 시들지 않는 꽃, 그리고 말하는 돌멩이… 네가 원하기만 하면 이 모든 것들을 다 구해 줄 거야. 하지만 말이야, 이 선물 중 어떤 것도 내가 너에게 들려줄 이 이야기만한 건 없을걸? 나에게 가장 소중한, 오직 너만을 위한 이야기니까.

아무 질문도 하지 마. 그냥 듣기만 해. 마치 음악을 감상하듯 말이야. 걱정도 하지 마. 하나도 빠뜨리지 않을 테니, 손톱만큼 세세한 것까지 말이야. 이야기를 끝내고 나면 난 입을 닫고 다시는 이 이야기에 대해서 입도 뻥끗 안 할 거야.

자, 토멕, 이제 내 이야기에 귀 기울여 봐.

# 제1장 새들의 시장

기억하니, 토멕? 향수 마을에서 너를 위해 내가 남겨 두었던 편지 말이야. 거기에 내가 썼었지. 옛날에 우리 아빠가 어떻게 이 새를 내게 사 주게 됐는지. 내가 살았던 북쪽의 한 마을에서…….

  어느 따스한 봄날 아침이었어. 그날도 역시 나는 아빠의 목말을 타고 어느 여왕보다 더 자신만만하게 북적거리는 새 시장을 구경하고 있었지. 부리와 깃털이 달린 모든 것들이 죄다 모이는 곳이었어. 장사꾼들이 흔들어 보이는 거친 손 안에서 웅크린 채 앉아 있는 작은 새. 화려한 색의 새장 안에 꼭 붙어 있는 잉꼬 한 쌍. 마치 조련사에게 묶여 있는 곰처럼 목에 줄을 감고 서 있는 타조. 눈부신 빛깔의 아라잉꼬, 눈처럼 흰 비둘기, 멧새들, 벵갈새들. 후르륵, 구구구, 짹짹…….

흔히들 말이야, 아이들은 행복을 모른다고 하는데, 난 내 행복을 알고 있었어. 여섯 살에 말이야. 아빠의 어깨 위에서 두 손으로 아빠의 머리를 꼭 잡고 수많은 색깔과 수많은 소리에 취한 도시를 바라보면서, 특히 세상의 모든 새들을 앞에 놓고 그중에서 집에 가져갈 하나를 고를 수 있다는 게 말이야.

"어떤 새가 좋으니, 한나? 어떤 게 마음에 들어?"

내가 태어난 후, 해마다 아빠 이렇게 물었어. 그럴 때마다 나는 손가락으로 그중 하나를 가리켰지. 아빠는 값도 안 보고 당장 내가 원하는 걸 사 주시곤 했어. 그러면 나는 이미 다른 새들이 기다리고 있는 나의 새장 안으로 그걸 집어넣었고.

그런데 왜 올해는 쉽게 결정을 못 하고 헤매고만 있을까? 정오가 다 되어 가는데 아직도 못 골랐다니……. 날씨가 너무 더워서 아빠는 그늘이 드리워진 좁은 골목으로 향하셨어. 우리는 소음을 피해서 어느 조용한 집 앞 계단에 앉았지.

"여기서 잠시 쉬자꾸나."

아빠는 말씀하셨어.

우리 옆에는 한 아저씨가 버들가지로 만든 새장을 무릎 사이에 놓고 웅크리고 앉아 있었어. 나는 단 한 번 그 새장을 들여다보고는 망설임 없이 말했지.

"아빠, 저거 살래요."

"저거 뭐?"

아빠는 중얼거리듯 대답했어. 아빠는 그 아저씨도 새장도 옆에 있는지 모르고 있었거든.

"저 새 말이에요. 나, 저 새가 갖고 싶어요, 아빠."

그것은 부리 밑에 노란 반점이 선명한 청록색의 작은 멧새였어. 그렇게 예쁜 새는 태어나서 처음 봤어. 난 바로 그 새의 아름다움에 쏙 빠져들었지.

늙고 야윈 새 주인은 새장을 집어 들더니 내 앞에 놓았어. 내가 더 잘 볼 수 있게 말이야.

"이 새, 얼마죠?"

"오십만 파운드에다가 럼주 한 병이오."

아빠가 묻는 말에 그 아저씨는 세상에서 제일 조용한 목소리로 대답했어.

우리가 무슨 말인지 이해를 못 하자, 그 아저씨는 이렇게 말했지.

"오십만 파운드는 새 값이고, 럼주 한 병은 새를 넘겨주는 나를 위로해 주는 값이오. 이 새는 보통 새가 아니라오. 마법에 걸린 후, 천 년도 넘는 세월 동안 이렇게 새로 변해서 살고 있는 공주랍니다. 부리를 좀 보세요. 눈도 보시고요. 무언가 말을 하려 하지요? 자기 이야기를 하려는 거라오. 하지만 말을 할 수 없으니 지저귀는 것으로 만족할 수밖에요."

난 얼굴을 새장 가까이 들이댔지. 그랬더니 그 멧새는 나에게 호소하는듯했어.

"정말이에요, 정말이에요! 믿으셔야 해요!"

아빠는 아무 말도 하지 않은 채 새를 봤다가 그다음에는 새장을, 그리고 다시 주인의 얼굴을 봤어. 무언가 말을 하려고 하는데, 아마도 흥정을 하려는 거였겠지. 그러자 새 주인이 말했어.

"보시다시피 이 늙은이는 더 이상 일을 할 수 없다오. 이 새는 나의 유일한 재산이오. 그러니 오십만 파운드 이하로 깎을 생각은 마시오. 그리고 럼주 한 병도……."

우리 아빠는 내가 태어났을 때 미치도록 기뻤대. 내가 말했지, 토멕? 너무 행복해서 제정신이 아니셨다고. 그런데 그 날 또 한 번 제정신이 아니었던 것 같아. 아빠는 새 주인에게 잠시만 새를 맡아 달라고 부탁했어. 돈을 모아야 하니까. 그리고 일주일 만에 모든 재산을 다 팔았어. 집, 가축, 토지, 가구, 옷가지, 심지어 우리 형제들과 엄마의 옷, 침대보까지……. 그러고 나서도 돈이 모자라자 고리대금업자에게 돈을 빌려서는 결국 새를 사고야 말았어.

우리 엄마는 그걸 감당하지 못하셨고, 결국 형제들을 데리고 집을 나가셨어. 그나마 얼마 남지 않은 것들을 가지고 말이야. 엄마가 남기고 가신 건 그 멧새 하나였지. 아빠와 나는 초라하기 짝이 없는 어느 오두막으로 거처를 옮기고, 아빠는 인력거를 끌면서 삼 년 동안 도시의 아주 가파른 길들을 수없이 오르내렸지. 그리고 어느 날 아침, 평소라면 일어나야 할 시간이 지났는데도 아빠는 일어나지 않았어. 아빠는 그렇게 과로로 돌아가셨어. 내가 겨우 아홉 살 때였지. 그렇게, 그날 아침으로 내 유년 시절은 끝이 난 거야.

그 후 나는 먼 친척의 보살핌을 받게 되었어. 그분들은 나를 남쪽의 온통 하얗고 평화로워 보이는 한 도시로 데려가셨어. 그분들이 사는 집도 그 도시처럼 하얗고 평화로워 보였어. 나에게는 잘된 일이었어. 왜냐하면 오두막에 사는, 그 짧은 시간 동안에 난 완전히 짐승 새끼 꼴이 되어 있었으니까. 난 다시 식사할 때는 깨끗이 먹어야 한다는 것, 매일 매일 씻어야 한다는 것, 과격한 말이나 행동은 하지 말아야 한다는 것 등을 배웠지.

그분들에게는 호다라는 딸이 있었는데, 내가 그 집으로 들어갔을 때 그 애는 만 세 살이 된 어린아이였지. 여동생이 없던 나에겐 정말 행복한 일이 아닐 수 없었어. 정말이지 그들은 나에게 애정을 듬뿍 안겨 주었던 거야. 하지만 때로는 잠들기 전 아빠 생각이 나고, 고통이 나를 짓누르기도 했어. 그럴 때면 내 작은 멧새를 보러 가곤 했어. 그때마다 새는 나를 위로해 주곤 했지. 너무나도 끔찍했던 바로 그날까지는 말이야. 여느 때처럼 새를 보러 간 날이었어. 글쎄 그 새가 횃대 위에서 웅크린 채로 떨고 있는 거야. 난 새를 꺼내서 손바닥에 올려놓고 부탁했어.

"제발 떠나지 마……. 너마저 죽으면 나에게는 옛날의 어느 것도 남는 게 없어."

그 깊고 검은 눈으로 천 년의 세월을 지낸 작은 공주는 나에게 말했어.

"날 살려 줘. 이 세상에 내가 누구인지 아는 사람은 너뿐이야. 이대로 날 죽게 하지 마. 도와줘……."

그날 이후 난 악몽 같은 시간을 보내야 했어. 아침마다 무기력하고 차가워진 그 새를 봐야 했지. 새는 다행히 죽지 않고 살아났지만, 그 후 나는 늘 두려움에 떨며 살아야 했지. 그 새 없이 살아야 한다는 게 나로서는 상상도 할 수 없는 일이었어. 그건 바로 작은 공주를 잃게 되는 것이고, 나의 어린 시절과 아빠의 마지막 흔적까지 잃게 되는 것이니까.

그러던 어느 날 도시의 광장에서 한 이야기꾼을 만났는데, 그가 크자르강 이야기를 해 주는 거야. 크자르강은 거꾸로 흐르는 강인데, 그 물을 마시면 절대로 죽지 않는다고.

"그 강은 물과 사막을 지나 남쪽 지방 어디엔가 있는데, 그것을 찾으려면 용기와 꿋꿋함이 필요해."

그가 말했어.

바로 그날 나는 결심했어.

그리고 초여름, 밤이 아주 짧았던 어느 날 집을 나섰어. 그날 난 잠옷 차림으로 미끄러지듯 침대에서 내려와 미리 준비해 놓았던 짐을 조용히 꾸리기 시작했어. 양털 담요, 손수건 안에 조금씩 모아 놓은 돈, 머리빗, 작은 거울, 공책 한 권, 연필 한 자루, 잡동사니들을 채워 넣은 가방, 거기에다 더 두꺼운 옷 몇 벌과 이틀분 식량을 추가로 넣었어.

그러고 나서 옷을 갈아입었어. 뒤꿈치를 들고 살금살금 새부모님 방까지 걸어갔어. 문은 닫혀 있었지. 난 이마를 문에 대고 중얼거렸어.

"안녕히 계세요."

난 새부모님께 아마 열 통도 넘는 편지를 썼을 거야. 그런데 모두 다 찢어 버렸지. 열두 살 어린애가 한밤중에 혼자 떠난다고 말하면 어떤 어른이 이해를 하겠니? 그분들이 그러라고 하시겠니?

그다음 난 호다의 방으로 들어갔어.

"호다, 호다, 일어나 봐."

난 호다의 동그랗고 따뜻한 볼을 쓰다듬으며 속삭였어.

호다는 한쪽 눈을 떠 보고는 살며시 웃었지. 아주 졸린 눈이었지만 말이야.

"호다, 있잖아, 난 지금 떠난단다. 당분간 떠나 있을 거야. 하지만 곧 돌아와. 약속할게. 내일 엄마 아빠께 전해 줄래? 그리고 나를 대신해서 꼭 안아드려. 그렇게 해 줄 거지?"

호다는 고개를 끄덕였어. 그렇게 하겠다는 뜻이겠지. 하지만 난 더 확실하게 다짐을 받으려고 물었지.

"호다, 내일 아침에 어떻게 한다고?"

"언니를 대신해서 엄마, 아빠를 안아 드릴래."

호다는 얌전히 내가 한 말을 그대로 반복했어.

"그렇지, 그리고 뭐라고 말을 전한다고?"

"언니가 곧 돌아온다고……."

호다는 하품을 하고 나서 바로 잠이 들었어.

"그래, 이제 편안히 자렴. 좋은 꿈 꿔, 호다."

나는 잠이 든 호다를 꼭 안아 주었어. 그리고 다시 멧새가 있는 새장 앞으로 갔지. 난 새가 소리를 낼까 봐 새장에 덮인 천을 걷어 올리지 않았어. 그냥 무릎을 굽히고 앉아서 작게 속삭였지.

"잘 있어, 나의 새야. 내가 너를 위해 죽지 않는 물을 구해 올게. 그걸 가져와서 네 입 안에 한 방울 넣어 줄게. 기다려 줄 거지? 약속하는 거야?"

아무런 소리도 들리지 않기에 손을 살짝 천 안으로 넣어 봤어. 그러자 손끝으로 부리가 닿는 느낌이 오던걸.

"잘 다녀오라고? 내가 떠날 걸 알고 있었니?"

나의 새는 내가 쓰다듬어 주는 동안 얌전히 앉아 있었어.

"그러니까 날 기다릴 거지? 기다릴 수 있지?"

그리고 나서 돌돌 말아 감은 담요를 어깨에 메고 가방을 들고 열려 있는 내 방 창문을 뛰어넘었어.


찬란한 불빛으로 수놓인 하늘 아래 고요한 밤이었지. 난 역마차들이 모여있는 광장 쪽으로 발걸음을 재촉했어. 광장이 가까워질수록 말들이 콧김을 내뿜는 소리, 마차꾼들이 서로를 불러대는 소리, 짐칸으로 가방 싣는 소리가 점점 가까이 들려왔어. 흔히 이런 소리들은 여행하고픈 생각을 더욱 간절하게 하지. 아무 데도 갈 곳이 없는 사람들에게마저⋯⋯.

"예쁜 아가씨는 어디를 가나요?"

여행을 떠난 지 불과 십오 분밖에 안 지났는데 벌써 나를 다 큰 아가씨처럼 대하다니! 내 얼굴은 벌써 벌게져 있었어.

앞에 있는 젊은 남자의 웃고 있는 눈밖에 보이질 않더라고.
그다음에는 그의 헝클어진 붉은 머리칼이…….

"저기… 남쪽으로……."

난 대답했어.

"멀리요?"

"네."

"아마도 반 바이탄까지 가시나 보죠?"

그건 진짜 대답이라기보다는 농담조로 하는 말에 가까웠
지. 젊은 남자는 그러면서 재미있어하는 것 같았어. 서 있는
그의 뒤에는 검은 말 두 마리가 끌 마차가 한 대 놓여 있었지.

반 바이탄… 이 이름을 새 아빠에게서 여러 번 들었어. 새
아빠는 '아주 먼' 곳 또는 '아무도 가지 않는' 곳을 말할 때 자
주 썼지. 물론 난 그런 곳이 진짜 있는 줄은 몰랐어. 그때 내
가 왜 그랬는지 모르겠는데, 누가 나에게 약을 올리면 난 꼭
그 사람을 찍소리도 못하게 해 주거든. 그래서 젊은 남자에게
도 그렇게 했지.

"네, 맞아요. 반 바이탄에 가요."

그는 잠시 동안 아무 말도 않은 채 서 있더니 곧바로 마
차 위에서 기다리고 있는 검은 망토의 마차꾼에게로 갔어. 둘
이서 무언가 이야기를 주고받더니 마차꾼이 나를 자세히 보

려는 듯 몸을 굽혀 앞으로 내밀었어. 마차꾼은 계곡처럼 깊은 주름살이 패인 할아버지였어. 그들은 조금 더 무언가를 이야기하는 듯했어. 나는 도대체 무슨 비밀 이야기가 그렇게 긴지 싶었지. 무슨 할 이야기가 그리 많다고. 그리고 노인은 왜 그리 날 호기심 어린 눈으로 쳐다봤는지. 결국 젊은 남자는 마차에서 내려왔어.

"정말로 반 바이탄에 가실 거예요?"

난 대답도 하지 않았어. 단지 어깨만 조금 들썩여 보였지.

"왜 반 바이탄에 가려 하는지 정말로 이해가 안 되네요."

"어리둥절해하지만 말고 빨리 할 일이나 해요."

젊은 남자는 잠시 더 망설였지만 확신에 찬 내 얼굴을 보고 더 이상 어쩔 수 없는지 말했어.

"좋아요, 아가씨. 가방을 짐칸에 실어 드릴까요? 아니면 그냥 가지고 타실래요?"

"그냥 가지고 탈래요."

"좋으실 대로요, 아가씨."

정중하게 바뀐 말투에 기분이 좋아졌지만 내색은 하지 않았어. 그가 마차 안으로 내 가방을 실으려 하기에 내가 물었지.

"여비가 얼마죠?"

"공짜예요. 정말로 공짜. 자, 내 어깨를 짚고 올라타세요.

발판이 꽤 높아요, 이 마차는."

공짜? 이런 건 조심해야 돼. 그런데 좀 겁내 보려고 해도 잘 안 되더라고. 빨간 머리의 이 젊은 남자는 못돼 보이지가 않았어. 나도 그런 건 분별할 수 있지. 마차에 올라타서 자리를 잡고 여행객이 나 혼자라는 걸 알아차리기가 무섭게 마차는 움직이기 시작했어.

처음에는 북적대는 길을 가느라 말들이 살살 걷더니 사람이 적은 한산한 곳에 이르자 달리기 시작했어. 잠시 후, 마차는 우리 집을 지나고 있었어. 아마도 새엄마는 마차 소리에 몸을 뒤척이며 이렇게 생각하실 거야. '음, 남행 마차가 지나가는군.' 난 하마터면 문을 두드리면서 이렇게 말할 뻔했어. "잠깐만요. 멈춰 주세요. 이건 아닌 것 같아요. 안 떠날래요. 마차에서 내릴래요!"

우리는 도시의 외곽을 빠져나와서 마지막 불빛마저 등 뒤로 보내고 마침내 남쪽으로 향하는 똑바른 길로 접어들었어.

# 제2장 마차 안에서

빨간 가죽으로 된 시트는 참 편안했어. 담요를 뒤집어쓰고, 마차의 규칙적인 요동에 흔들거리다 보니 금세 졸음이 밀려왔어. 이상한 느낌이 들더라고. 마치 마차를 끄는 말이 두 마리가 아니라 네 마리인 것 같다는 느낌. 갈기를 바람에 휘날리면서 눈 앞에 펼쳐진 밤을 가르며 맹렬한 기세로, 단숨에 다리와 강을 건너고, 땀에 젖은 털에서는 빛이 나고 불을 품은 것 같은 몸에서는 김이 배어 나오고, 마차는 거의 땅에 닿지 않는 듯했으니까. 늙은 마차꾼은 일어선 채로 채찍을 휘두르며 계속 재촉했어.

"이랴! 이랴!"

나는 몽롱한 잠결에 창밖으로 고개를 내밀었어. 제법 쌀쌀한 날씨였지. 칠흑 같은 어둠이 찾아올 때도 밤눈이 밝은 말들은 조용히 종종걸음을 쳤어. 나와 함께 여행하는 두 사람은 전혀 미동도 없었고, 나는 가만히 그들의 등을 쳐다봤지. 가끔은 이렇게 묻고 싶었어. "별일 없는 거죠?" 단지 그들의 목소리를 들어 보려고 말이야. 나는 한동안 하늘에 있는 별들을 쳐다봤어. 그러다가 조용히 깊은 잠에 빠져들었지. 이렇게 마차 안에서의 첫 밤은 지나갔어. 그 이후로 나를 기다리고 있을 모든 일들을 까맣게 모른 채. 그 수많은 일들을……

　그 소년은 이름이 그레고리라고 했어. 열여섯 살이었지. 난 말이야 토멕, 네가 질투를 하지 않았으면 좋겠는데, 그 소년을 다시 생각하면 미소가 절로 나와. 마차에는 옆쪽에 네 개, 앞쪽에 하나의 창문이 있어. 가끔 예고 없이 그 창문 중 어디에선가 그레고리의 헝클어진 빨간 머리가 불쑥 나타나곤 했어. 때로는 똑바로, 때로는 거꾸로 말이야. 그러면서 그레고리는 혀를 내밀고 무서운 인상을 쓰곤 했어. 낮에는 재미있었지만 밤에는 어찌나 무서운지. 대개는 앞쪽에 할아버지 옆에 앉아서 웃거나 떠드는 일이 많았지. 하지만 그는 한자리에 오래 붙어 있는 법이 없었어. 조금만 기회가 주어져도 자리를 떠나서는 그 우스꽝스러운 짓을 하곤 했지.

　처음 며칠 동안은 길 위에나 우리가 묵었던 숙소에서 여행객들과 마주치는 일이 있었어. 하지만 남쪽으로 내려갈수록 점점 우리만 남게 되더군. 첫 주의 마지막 즈음부터 단 한 명의 사람도 만나지 못하고 하루가 가곤 했지. 오로지 길 위에는 우리 셋밖에 없었어. 풍경 또한 변했지. 더 이상은 강물도, 나무도, 밭도 없었어. 끝없이 펼쳐진 평원 위에서 흙먼지를 일으키며 계속 가는 일만 남은 거지. 그레고리와 나는 틈만 나면 마차 발판에 앉아 머리를 창에 기대고 이야기를 나누곤 했어. "그런데 그레고리, 저 할아버지와 일한 지 오래됐니?"

"이오림 할아버지 말이지? 응, 아주 오래됐어. 우리 아빠, 우리 할아버지, 우리 증조할아버지도 이분하고 함께 일했거든."

"어머, 그럼 정말 나이가 많으시겠다."

"그럼, 아주 많으시지……."

그러고는 몇 분 동안 가만히 있다가 또다시 이렇게 묻지.

"그럼 몇 살이신데?"

"다음 달이면 백 살이 되셔."

"백 살?"

"응, 백 살. 그래서 이오림 할아버지는 반 바이탄에 도착하면 백 살 생일 파티를 하실 거야."

"뭐? 반 바이탄에서? 그러니까 반 바이탄에 도착하려면 한 달도 더 걸린단 말이야?"

"내가 언제 그렇게 말했니? 시원한 물 좀 갖다 줄까?"

그는 내 대답도 듣지 않고 마치 재주넘듯 몸을 굴려 트렁크로 가서는 물 한 잔, 말린 과일 또는 치즈 조각을 가져오곤 했어. 그는 기꺼이 나와 이런저런 이야기를 나누곤 했는데, 유독 그 여행 이야기만 나오면 네 단어 이상을 못하더라고.

"어떻게 여행객이 나 혼자일 수 있니, 그레고리?"

"그래서 불만이니? 왜, 불편해?"

불편하다니! 오히려 정반대였는데. 시간이 지나면서 이런 생각까지 들더라고. 마치 내가 귀빈석에 앉아 있는 공주님 같다는. 마차꾼인 이오림 할아버지는 왕이고, 그레고리는… 나의 왕자님! 저녁이 되면 야영을 했는데, 정말 근사했어. 나에겐 낮 동안 마차에 앉아 있느라 저렸던 다리를 푸는 시간이기도 했지. 그레고리는 이리저리 분주히 뛰어다녔어. 불도 지피고, 식사도 준비하고, 말들도 돌보고… 뭐든 다 할 줄 알거든. 난 그저 내가 할 수 있는 만큼만 도왔지. 식사할 때는 늘 분위기가 좋았어. 평범한 식사였지만 이루 말할 수 없이 맛있었고. 밤이 되면 그레고리는 따뜻한 비눗물이 담긴 대야를 가져와 이오림 할아버지의 발을 놓고 씻겨 드렸어. 아주 찬찬히 정성 들여서 말이야.

나는 마차 안에서 혼자 잤어. 그레고리와 이오림 할아버지는 모피를 두르고 마차 옆 바닥에 누웠고. 어떤 날은 이오림 할아버지가 너무 심하게 코를 고는 바람에 우리는 밤새 웃음을 참지 못한 적도 있어. 아침이 찾아오면 그레고리는 불을 피우고 커피를 준비해. 맛있는 아침 식사를 마치고는 해가 중천에 떠오르면 출발해. 계속해서 남쪽을 향해 직진.

하루는 그레고리에게 내가 물었어.

"반 바이탄에 가면 뭐 할 거예요?"

그는 머뭇거리다가 이내 웃음을 참지 못하며 이렇게 말했지.

"그러는 당신은요, 아가씨?"

난 웃지 않았어. 그레고리는 내가 장난으로 하는 소리가 아니라는 걸 눈치챘는지 진지한 얼굴로 이렇게 말했어.

"저기 보이는 저걸 지나면 이야기해 줄게."

그가 가리키는 손가락 끝으로 멀리 큰 산맥 줄기가 지평선을 가로막고 있었어.

"저 산맥을 넘어야 하니?"

"그래야지."

"높아?"

"하늘길이라고 불러."

"하늘길?"

"응, 저 위에 오르면 꼭 하늘에 있는 듯한 느낌이 드나 봐."

"드나 봐? 너도 한 번도 안 가봤어?"

"오십 년 동안 어느 누구도 저 위를 지나간 사람이 없어."

"어머, 왜?"

"모르지……."

"그럼 이오림 할아버지는? 할아버지는 가 보지 않으셨을까?"

"일단 저 산들만 넘으면 다 말해 줄게. 거기 도착만 하면……."

그러고는 더 이상 아무 말도 하지 않았어.

이틀이 지나고 나서야 우리는 그 산 바로 앞에 이르렀어. 길들은 오르막으로 변했고, 지금까지 달려왔던 지루한 평원과는 사뭇 달랐지. 늦은 오후가 되면서 우리는 꽤 높은 곳까지 올라갔어. 공기가 제법 쌀쌀해졌어. 우리는 예쁜 초록빛 호숫가에 캠프를 차렸어. 하지만 호수는 얼어 있었기 때문에 수영을 한다는 건 생각할 수도 없었지. 그날따라 그레고리는 모닥불을 마주 보고 앉아 세 마디 이상은 말을 안 한 것 같아. 그는 계속해서 우리가 다음 날 넘어야 할 산 정상만 바라보았지. 걱정을 감출 수가 없었나 봐. 이오림 할아버지는 늘 그렇듯 평온해 보였고.

다음 날 아침이 되자 난 '하늘길'은 이름뿐이란 사실을 깨달았어. 실제로는 끝없이 구불구불한 오르막길일 뿐이더라고. 가끔 가던 길을 멈추고 길을 가로막고 있는 돌들을 치워야 했어. 겨우겨우 올라갔지. 정오가 지날 무렵 점점 좁아지는 길을 가는데, 갑자기 그레고리가 소리를 지르는 거야.

그건 두려움과 경탄이 어우러진 소리였어. 나는 무거운 발을 질질 끌며 걷다가 그 소리를 듣고는 마차를 앞질러 뛰어갔어. 나 또한 소리를 지르지 않을 수 없었어. 길이 허공을 향해 뻗어 있는 거야! 말들은 급히 발을 멈추었지. 난 그레고리의 팔을 꼭 잡고 조심스럽게 앞으로 나아갔어. 거대한 협곡이 산을 둘로 갈라놓은 모양이었어.

"이 길 저 끝을 좀 봐. 저게 옛날 길이야. 이오림 할아버지 시절의 길이지."

그레고리가 속삭였어.

"이제는 더 이상 그 길로 다니지 않니?"

"응, 큰 산사태가 있었거든. 한 오십여 년 전쯤. 엄청난 바위들이 굴러 떨어져 길을 막아버렸지."

우리는 한참 동안 아무 말도 하지 않았어. 커다란 날개를 가진 독수리들만이 하늘 위를 날고 있었지.

'이렇게 우리의 여행은 끝이 나는구나.'

우리는 이오림 할아버지가 있는 곳으로 돌아갔어. 그런데 할아버지가 자리에 없는 거야. 마차에 앉아 계셔야 할 할아버지는 암벽에 기대어 낭떠러지에 걸려 있는 좁은 길을 유심히 보고 계셨어. 우리는 바로 이오림 할아버지가 무슨 생각을 하고 계시는지 알아차리고는 약속이나 한 듯 똑같이 외쳤지.

"할아버지, 안 돼요!"

할아버지는 우리에게 가까이 오라고 손짓하며 이렇게 말했어.

"얘들아, 되돌아간다는 건 말도 안 돼. 마차를 되돌리기엔 길이 너무 좁아. 그렇다고 이 말들, 마차, 음식을 버리고 갈 수도 없지. 그러니 계속 가 보자. 내가 앞장서서 말들을 잘 끌어 보마. 마차 하나가 통과할 정도는 되는구나. 하지만 마차에 오르지는 마라. 균형을 잃어 마차가 굴러떨어질 수도 있어. 마차 뒤에서 절벽에 최대한 바짝 붙어 따라오렴."

우리가 아무 말도 하지 않자 할아버지는 재차 이렇게 말했어.

"너희들 혹시 무서운 건 아니겠지?"

공포가 밀려오면서 소름이 끼치고 떨렸어. 하지만 어떻게 하겠어? 우리는 할아버지가 말한 대로 따르기로 했지.

그레고리는 이오림 할아버지가 말에 눈가리개 다는 걸 도와 드렸어. 물론 낭떠러지 쪽에 서서. 그리고는 내가 있는 마차 뒤쪽으로 왔지. 우리가 경험한 이래 최고로 긴 거리의 주행은 이렇게 시작이 됐어. 한 발 한 발 아주 천천히. 까마득히 멀리 산의 정상에 매달려 있는 왜소한 길만을 보면서 말이야. 때로는 마차가 잠시 멈추기도 했어. 아마도 옆을 볼 수 없도록 눈이 가려진 말들이 오른쪽 낭떠러지에 신경이 쓰여서 그랬을 거야. 그럴 때면 이오림 할아버지는 말들의 귀에 대고 무언가 속삭이셨어. 우린 뭐라고 하는지 알 수 없었지만, 아마도 그들만의 비밀이었겠지? 그러고 나면 말들은 다시 걷기 시작했어. 한 발, 두 발, 세 발… 그러다 또 멈추고.

난 벽에 바짝 붙어서 두 손으로 앞에 가는 그레고리의 옷소매를 꽉 잡고 걸었어. 만약 어느 순간 말들이 꼼짝도 하지 않는다면 그래서 오도 가도 못 하게 된다면 어떻게 될까? 이런 끔찍한 생각이 수없이 찾아왔어. 그럴 때면 나와 그레고리가 비상식량을 짊어지고 오던 길로 되돌아가야겠지. 하지만 이오림 할아버지는? 마차 앞에 갇혀서 꼼짝도 못 하실 텐데……. 그리고 말들은?

가끔 현기증이 나서 어디를 봐야 할지 모를 때도 있었어. 밑을? 그건 절대 안 돼. 위를? 그건 더하지. 바람이 구름을 모두 걷어 가버리면 산들이 바로 우리 위로 무너져 버릴 것만 같았어. 그럴 때면 아예 눈을 감아 버리거나 그레고리의 체크무늬 상의만 뚫어지게 쳐다봤지. 그러면서 난 생각했어. 만약 살아서 이곳을 빠져나간다면 다시는 의자 위에도 올라서지 않을 거라고.

그러다가 우린 정말로 우려했던 상황을 맞이하고야 말았지. 그때까지의 어느 것보다 급격한 커브 길을 만났는데, 말들이 겁에 질려서 꼼짝도 안 하는 거야. 이오림 할아버지도 이번만큼은 어떻게 해 볼 도리가 없었어. 몇 분이 나 지났을까, 어디선가 왕 독수리 한 마리가 날아오지 않겠어? 엄청나게 큰 날개를 활짝 펴고 우리 머리 위를 빙빙 돌더니 끝내 마차 뒤편에 우리를 마주하고 앉은 거야. 말들이 공포에 가까운 흥분을 일으키며 울어대기 시작했어.

"워, 워, 진정하라고!"

이오림 할아버지가 말들을 달래기 시작했어.

"저리 가! 이 못된 놈!"

그레고리는 독수리를 향해 소리를 질렀지.

하지만 그 사나운 새는 매서운 눈으로 '내 영역에서 뭣들 하는 거지? 내가 말 한 마리쯤은 거뜬히 들어 올릴 수 있다는 걸 모르나? 하물며 깡마른 두 아이쯤이야'하고 우리를 놀리는 듯했어.

"저리 가라니까! 이 닭 머리야!"

그레고리는 쉴 새 없이 중얼거렸지만, 그러는 중에도 내 손가락 끝으로는 땀으로 흠뻑 젖은 그의 상의가 느껴졌어.

그렇게 한 삼십여 분이 지났을까, 난 그레고리의 등에 머리를 대고 말했어.

"그레고리, 제발, 어떻게 좀 해 봐. 더 이상은 못 있겠어."

정말이었어. 내 다리는 덜덜 떨리기 시작했고 머리가 빙빙 도는데, 조금만 더 그렇게 있으면 기절할 것 같았어.

그런데 정말 거짓말같이, 그레고리가 방법을 찾아낸 거야. 그레고리는 조심조심 마차 뒤쪽으로 가서 트렁크를 열었어. 그러더니 팔을 안으로 집어넣어서 무언가를 꺼냈지. 그다음 조금 뒤로 물러서더니 독수리를 향해 섰어.

"너 훈제 소시지 본 적 있니? 냄새 한 번 맡아 볼래? 이 트렁크 안에는 이렇게 맛있는 음식이 수없이 많단다. 들쥐보다야 백배 맛있지. 자, 배불리 먹어, 이 닭 머리야."

독수리가 관심을 보이면서 머리를 앞으로 내밀고 소시지를 들여다보자, 그레고리는 손가락 끝으로 소시지를 흔들어 보이고는 이내 살짝 열려 있던 트렁크 앞으로 던져 놓았어.

"들어가 봐, 이 녀석아. 이건 전채 요리일 뿐이야. 안에 들어가면 정식 메뉴가 널 기다리고 있다고. 호밀 빵, 말린 고기, 옥수수, 염소 치즈, 케이크… 자, 어서."

독수리는 소시지 근처에 가 앉더니 한참을 생각하는 듯싶었어. 독수리의 부리가 마치 날카로운 면도날처럼 반짝였어.

바로 그 순간에 모든 게 달려 있었어. 독수리가 훈제 소시지를 먹느냐, 먹지 않느냐? 이런 바보 같은 상황에 내 목숨이 달려 있으리라고는 생각지도 못했는데.

기적이었을까? 독수리는 훈제 소시지를 좋아했던 거야! 소시지를 잘게 찢고는 게걸스럽게 먹어 치우던걸. 그리고는 자기 머리를 트렁크의 안쪽을 향해 죽 내밀더라고.

"들어가. 들어가래도… 싸게 해 줄 테니까. 식사 후 커피도 제공하지."

독수리의 꼬리 깃털이 채 다 들어가기도 전에 그레고리는 뛰어올라 트렁크의 문을 닫아 버렸어. 그러자 말들도 다시 움직이기 시작했지. 오랜 시간 마비라도 된 듯 지나가지 못하던 커브 길을 단 몇 초 만에 통과한 거야.

트렁크에서는 독수리가 계속 이리저리 부딪히고 있었어. 소리를 내기도 하고, 심하게 날갯짓을 하기도 하면서 말이야. 하지만 그 안에서 얼마든지 화를 내고 흥분해도 우리가 알 바가 아니지 뭐. 하나가 풀리니까 모든 게 다 한꺼번에 풀리던걸. 커브 길을 지나자 길도 상당히 더 넓어졌어.

"이제 됐어. 제일 어려운 구간은 지나갔다고."

이오림 할아버지가 말했어.

"이제부터는 절벽으로 떨어질 위험은 없을 게다. 네가 원하면 마차에도 오를 수 있으니까 마음대로 하려무나."

이렇게 해서 우리가 여행한 이래 처음으로 그레고리가 내 앞에 마주 앉았어. 이오림 할아버지 말씀이 맞았어. 한 백여 미터 지나고 나니까 낭떠러지 절벽이 사라지고 다시 산속으로 들어가게 되었지. 양쪽으로 땅이 보인다는 게 어찌나 그리 안심이 되던지. 그레고리처럼 문을 열고 몸을 마차에 바짝 밀착시켜서 앞에 앉아 마차를 몰고 있는 이오림 할아버지가 계신 곳까지 가봤어. 이오림 할아버지를 끌어안았어.

"고마워요, 할아버지. 고마워요."

깜짝 놀란 할아버지는 점잖게 나무라셨어.

"지금 아가씨 행동은 지각 있는 행동이 아니에요. 그러다 마차에서 떨어지면 어쩌려고……. 여기서 떨어지면 발목이 부러져요."

## 제3장 반 바이탄

그날 저녁 캠프는 정말 즐거웠어. 도착하자마자 우리 불쌍한 왕 독수리를 풀어 줬지. 트렁크에서 절뚝거리며 나오는 모습이 전혀 왕 같지 않았지만 눈빛은 마치 '너희들이 감히 나한테!'라고 말하는 것 같았어. 그러고 나서는 자기가 날 수 있다는 사실을 깨달은 듯 멀리 날아가 버렸어. 남은 음식은 쳐다보지도 않고.

우리는 물살이 센 강가에 자리를 잡았고, 그레고리는 그 강에서 제법 큰 물고기들을 몇 마리나 잡았어. 나무로 불을 지피고, 그 위에 굽는 생선 냄새가 어찌나 좋던지. 생각해 보니 폭포 아래 떨어지는 살을 에는 듯 차가운 물에 들어가 수영도 했네. 즐거우면서도 너무 추워서 난 마구 소리를 질러 댔어. 식사를 마친 후에는, 브랜디를 한 잔 드신 이오림 할아버지가 노래를 부르기 시작했어. 오래된 노래 같았어. 처음 들어 보는 노래였거든. 말 이야기도 나오고, 집 이야기, 여자 이야기… 특히 몇몇 구절에서는 웃음을 참을 수가 없었어. 그 웃음소리가 또 우리를 웃게 했고. 그렇게 우리는 모닥불이 다 꺼질 때까지 그 자리에 앉아 있었어. 잠자리로 가기 전에 난 그레고리에게 그가 한 약속을 상기시켰지.

"자, 이제 이 산을 넘었으니 나한테 말해 줘야지? 반 바이탄에 가면 뭐 할거야?"

만약 그때 말이야, 토멕, 그레고리가 해 줄 이야기를 조금이라도 알았다면 물어보지 않았을 거야. 아무것도 모른 채 그저 이것저것 궁금했던 나는 자꾸 물어봤지.

"좀 참아."

그는 귀찮은 듯 하품을 했어.

"곧 알게 될 거야. 근데 누가 너더러 산을 넘었다고 하던?"

그건 그렇지. 우린 아직 사흘을 더 가야 정상에 이르고 그제야 산을 넘는다고 말할 수 있겠지. 어쨌든 난 그레고리가 말하는 것을 피한다는 느낌을 받았어. 나에게 이야기를 해 줘야 할 시간이 다가오는 걸 걱정하는 듯했고. 그래서 난 기다리기로 했지. 더 이상 묻지 않고 말이야.

그러던 어느 날 말들이 한낮 더위에 지쳐 한 걸음 한 걸음 무겁게 발을 옮기고 있는데 그가 내 앞으로 와서 앉았어. 시간이 된 거지. 이제야 듣는구나…….

"자, 네가 우선 나에게 질문을 해. 그게 좋겠다. 그러면 내가 대답을 할게. 자, 해 봐."

난 그때 그레고리가 뭔가 심각한 이야기를 할 거라는 걸 직감했어. 숨을 크게 한 번 들이마신 후 질문을 했지.

"반 바이탄에 가면 뭐 할 거니?"

"누구 말이야? 나랑 이오림 할아버지 둘 다?"

"우선 너부터."

"나? 난 이오림 할아버지를 따라온 거지."

"그럼 이오림 할아버지는?"

그레고리는 내 눈을 한참 쳐다보고는 미안한 듯한 웃음으로 말했어.

"이오림 할아버지는 그곳에서 생을 마감하려고 가시는 거야."

난 온몸이 굳어 버렸어.

"도대체… 왜?"

"왜냐하면 할아버지는 거기서 태어나셨거든. 올해가 백 살이신데, 거기서 돌아가시기로 마음먹고, 그래서 가시는 거야."

"그런데, 거기에 가면 뭐가 있는데?"

"거기에는 아무것도 없어. 사람도 없고 사막도 없어."

갑자기 마차의 바퀴 소리며 말발굽 소리가 내 머릿속에서 진동을 해 오는 것 같았어. 단 몇 초 사이에 모든 게 현실과 멀어지는 것 같았지. 마차의 작은 창을 통해 들어오는 네모난 하늘도, 태양 아래서 춤추는 가는 먼지들도…….

"할아버지는 가족이 없으셔."

그레고리는 계속해서 말을 이었어.

"지금 이게 그분이 마지막으로 바라는 거야. 물론 나이가 많으시지만 혼자 가실 수도 있었어. 너도 봤지? 얼마나 정정하신지. 하지만 할아버지는 그곳에 말들을 그냥 홀로 놔두길 원하지 않으신 거야. 말들이 스스로 죽겠다고 결정하고 간 것도 아닌데 말이지. 게다가 할아버지에게는 말들도 인간과 같아. 그래서 내 임무는 말이야, 다시 말들을 데리고 오는 거야. 또 다른 질문 있니?"

"응, 또 있어. 이거, 그러니까, 왜 나를 데려왔지?"

"음… 왜 너를 데려왔느냐면, 돌아갈 때 나 혼자 가지 않으려고."

그때 아마도 그처럼 심각한 상황이 아니었더라면 아마 깔깔거리며 웃어버렸을 거야. 눈물이 흐르려는 걸 간신히 참으며 말했어.

"돌아갈 때 혼자 가지 않으려고? 하지만 그레고리! 난 아직 열두 살이야! 그런데 내가 무슨 도움이 된다고 생각해?"

"우리는 말이야, 나랑 이오림 할아버지는, 누군가 우리에게 와서 네가 했던 그 말, '반 바이탄에 가는데요.'라고 해 주기를 일 년 전부터 기다리고 있었어."

"뭐?"

"믿기 힘들지? 매일 아침 모든 마차들이 자리에서 떠나고 나면 우리는 풀이 죽어 집으로 되돌아가곤 했지. 그렇게 만 일 년이 흘렀다니까. 결국 아무도 구하지 못할 거라고 생각했어. 그래서 난 농담처럼 사람들을 부르며 이렇게 말했어. "반 바이탄에 가실 분! 혹시 반 바이탄에 가시나요?" 모두 농담인 양 웃기만 했지. 그날, 네가 천 가방을 메고 와서는 심각한 어조로 이렇게 대답했던 그날까지 말이야. "네, 맞아요. 반 바이탄에 가요!" 넌 그때 정말로 완강하고 결의에 찬 모습이었어. 우리는 조금 망설였지. 너한테 분명히 말할 수 있는데, 만약 나 혼자 결정할 일이었다면 너를 안 데려왔을 거야. 너무 어리고 가냘파 보였거든. 그런데 이오림 할아버지가 널 한참 쳐다보시더니, 기억나지? 그러시더니 '잘 해내겠는걸. 눈을 보면 알 수 있지.' 이렇게 결론지으셨어."

"내 눈을?"

"응."

"왜 다른 사람들에게는 그 부탁을 하지 않았어? 예를 들어 친구들이나……."

"어떤 일이 있어도 다른 사람들이 알면 안 되었어. 이오림 할아버지와 나 사이의 비밀이었으니까. 그 이야기를 듣고 나면 아마 누구라도 우리를 말렸겠지. 생각해 봐. 백 살 노인과 열여섯 살 소년이… 이건 누가 봐도 지각 있는 계획이 아니잖아?"

난 웃었지. 지각 있는 계획으로 말할 것 같으면 나 역시 그들에 뒤지지 않으니까.

"지금껏 진실을 숨겼던 것 미안해, 한나. 단지 네 여행을 망치고 싶지 않았을 뿐이야."

그레고리가 사과를 했어.

그 말을 들으며 생각했어. '그레고리, 나 역시 단 몇 마디로 너의 남은 여행을 망쳐 버릴 수 있는걸. 넌 반 바이탄에서 혼자 돌아와야 해. 왜냐하면 난 거기서 더 남쪽을 향해 떠나야 하니까.' 하지만 그레고리에게 차마 그 말은 하지 못했어.

우리는 오랜 시간 침묵을 지켰어. 가라앉은 감정을 추스르려면 얼마간의 시간이 필요했지. 난 더 이상 질문을 하지 않았지만 그레고리가 이야기를 계속했어.

"이오림 할아버지는 그러니까 백 년 전에 반 바이탄에서 태어났어. 그 당시에는 그곳이 상당히 비옥하고 살 만한 곳이었다고 해. 북쪽에 사는 사람들이 자주 내려가곤 했다니까. 상거래도 하고 여행도 하고 말이야. 마차도 한 십여 대가 왕래했대."

그 마차들은 서로 속도로, 멋진 외관 따위로 경쟁을 했는데, 그레고리에 의하면 그중에서 으뜸은 제비라는 뜻의 '이롱델' 마차였대.

"속도에서도 단연 으뜸이었고, 빨간 가죽 시트에다 푹신한 등받이가 있는 세련되고 안락함까지 갖춘 마차였지. 그게바로 이오림 할아버지의 마차였어. 뒤 트렁크 쪽을 봐."

그레고리가 트렁크 쪽을 가리켰어.

"글자는 이미 지워져 없어졌지만 흔적이 남아 읽을 수는있지. '이롱델'은 두 필이 아닌 네 필의 말이 끌었던 거야. 네마리의 힘이 넘치는 말을 이오림 할아버지는 전속력으로 내달리게 하고 역참을 지날 때마다 새로운 말들로 교체하셨지."

그렇게 화려했던 시절은 꽤 길게 이어졌대. 그러던 어느날 큰 산사태가 일어난 거야. 여행자들이 줄지어 이동하던 길이 막혀 버렸고, 반 바이탄 주민들은 완전히 고립되면서 조금씩 조금씩 다른 곳으로 이주를 시작했지. 북쪽을 향해. 사람들이 떠나고 나자 반 바이탄은 조금씩 물이 부족해지고 사막처럼 변해 갔어. 그러자 마지막까지 남아 있던 사람들도 결국 떠나고야 말았어. 그렇게 반 바이탄에는 커다란 적막이 찾아왔고 먼지와 모래, 바람만이 남은 도시가 되어 버린 거야.

그레고리가 이야기를 하는 동안 금빛의 거대한 평원이 조금씩 우리 앞에 펼쳐지고 있었어.

"반 바이탄에 도착하려면 얼마 안 남았지?"

"응, 불행하게도……."

그레고리는 슬퍼 보였어.

그 이후부터는 모든 게 전과 달라졌어. 우리 둘 다 무거워진 가슴을 주체할 수 없었지. 이오림 할아버지만 뭐가 즐거운지 줄곧 이롱델 앞에서 휘파람을 불었어.

저녁이 되어 야영을 할 때 난 유심히 이오림 할아버지를 살펴봤어. 말을 걸고 싶었지만 용기가 나지 않았어.

"왜 할아버지는 나에게 아무 말도 안 하지?"

"할아버진 손님들에게는 절대 말을 안 거셔. 여자 손님에 겐 더더욱. 할아버지의 오랜 규칙이야. 하지만 그래도 너를 좋아하셔."

"너한테 그렇게 말씀하셨어?"

"응, 그렇게 말씀하셨어."

저녁 식사 후 우리는 일찌감치 잠자리에 들었어. 하지만 마차 아래에서 그레고리가 계속 뒤척이는 소리가 들렸어. 난 옷을 걸치고 밖으로 나갔어. 얼마 후 그레고리도 밖으로 나왔어.

"안 좋은 일이라도 있어?"

"아니, 괜찮아. 실은 나도 너에게 비밀을 하나 털어놓고 싶어서."

뒷산 능선에 걸린 달이 주변을 환하게 비추고 있었어. 우린 자갈밭으로 몇 걸음 옮겨서 앉았어. 이오림 할아버지는 평온하게 코를 골고 계셨지.

"그레고리."

내가 먼저 시작했어.

"나, 너하고 같이 돌아가지 않을 거야."

"뭐라고?"

"네가 생각하고 있는 것처럼 너와 함께 되돌아가지 않을 거라고."

난 바로 사색이 되는 그의 얼굴을 읽을 수 있었어.

"아니, 거기서 이오림 할아버지와 함께 죽을 생각은 없어. 단지 남쪽으로 계속 가고 싶을 뿐이야."

그의 얼굴은 이번엔 경악으로 바뀌었지.

"남쪽? 남쪽에는 더 이상 아무것도 없어! 사막일 뿐이라고!"

"알아. 사막을 넘어 더 남쪽으로 갈 거야."

그가 이해할 수 없다는 듯 멍하게 나를 봤어. 난 그때부터 나의 아픈 새 이야기며 거꾸로 흐르는 크자르강 이야기, 그 물을 마시면 절대 죽지 않는다는 이야기들을 들려줬지. 그레고리는 내 이야기를 듣는 동안 벌어진 입을 다물지 못하고 있었어. 그리고 이야기를 다 끝내자 그는 두 손으로 머리를 감싸며 가련한 목소리로 흐느꼈어.

"세상에! 이게 말이 되냐고! 결국 나는 정신 나간 사람 둘과 여행을 시작한 거였어!"

우리 셋의 여행은 다음 날 오후 무렵 끝이 났어. 길이 완만해서 어렵지 않게 갈 수 있었어. 커브 길을 지날 무렵 마차가 섰어. 난 일이 분 정도 기다렸지. 그래도 아무런 움직임이 없기에 두 사람이 있는 앞으로 갔지. 둘은 말 앞에 서서 꼼짝도 안 하고 있었어.

"저기 좀 봐."

그레고리가 중얼거렸어.

"반 바이탄……."

이오림 할아버지가 자랑스러운 목소리로 되받았어.

자랑스러울 만하지. 이렇게 아름답고 고요한 도시가 또 있을까? 비스듬히 내리쬐는 햇볕은 도시를 금빛으로 물들였어. 바람 한 점 없는 고요한 이 도시에는 미로처럼 얽힌 좁고 인적

하나 없는 길들만 있었어. 길가에는 무너진 담장 사이로 보이는 집들… 이 모든 것들 위로 가늘게 쌓인 모래들이 마치 황금물을 들인 듯 반짝이고 있었어. 반 바이탄은 우리의 발아래서 눈부시게, 화려하게, 하지만 모두에게서 잊혀진 채 잠을 자고 있었어. 오십 년 세월 동안 우리 전에 누가 또 이 도시를 봤겠어? 우리는 도시 안으로 들어가 잠들어 있는 작은 골목길들을 누비고 다녔지.

"대장간… 여긴 대장간이었어. 저긴 학교였지. 여긴 우리 아버지가 양탄자를 만들던 곳이었어. 바로 여기야. 내가 벽에서 떨어져 팔이 부러진 곳이. 아니, 여기군, 여기."

그레고리와 나에게는 다 똑같아 보였는데 말이지. 우리가 구별할 수 있는 것이라곤 무너진 담장과 모래뿐이었어. 그렇게 나이가 드신 이오림 할아버지가 반바지 차림에 사람들로 북적대는 길들을 다른 친구들과 어울려 이리저리 뛰어다닌다는 게 쉽게 상상이 안 갔지. 우습지 않아? 한 시간여 계속된 낯선 산책 후 우리는 도시의 반대쪽 끝에 이르렀어. 사막이 시작되는 곳.

"여기야."

이오림 할아버지는 지붕이 없어지고 나무로 만들어진 대문과 창들만 남은 어느 집 앞에 서 있었어.

"여기야. 여기가 우리 집이었지."

우리는 그 집에 들어갔어. 물론 집 안에 남아 있는 것이라곤 아무것도 없었지. 그날 밤, 난 마지막으로 '이롱델' 안에서 잠을 청했어. 그레고리는 늘 그렇듯 그 밑에 자리를 잡았고. 이오림 할아버지는 집 안에서 자기를 원하셨어. 그리고 이른 아침이 되어 잠에서 깨어났어. 곧 서로 헤어지게 될 거라는 걸 아는 우리는 말로 표현할 수 없는 어떤 감정에 젖어 들었지. 믿기지 않았어. 하지만 아무도 내색하지 않았어. 모두 지금껏 해 왔던 대로 똑같이 했어. 난 그레고리가 아침거리 준비하는 걸 도왔고. 그레고리는 말들을 마차에 묶고 짐을 싣기 시작했어. 서로 아무 말도 하지 않았지. 둘 다 무슨 말을 해야 할지 몰랐거든. 마지막으로 그레고리는 폐허가 된 옆집으로 가서는 낡은 소파 하나를 구해다가 이오림 할아버지 집 앞에 가져다 놨어.

"여기 앉으시면 편할 거예요. 이리로……."

"고맙구나. 내가 가져온 술 좀 가져다줄래?"

그레고리는 트렁크로 가서 몇 병의 브랜디를 가져왔어.

"여기에 놓을까요?"

"응, 그래. 여기 소파 바로 옆에다 놓으렴."

"드실 것도 조금 놓을까요? 아무래도……."

"네가 원하면 그러렴. 하지만 난 먹지 않을 거란다."

"호밀 빵, 큰 것으로 하나 놓을게요. 좋아하시잖아요."

난 옆에서 그들의 대화를 듣고만 있었지. 이 둘은 아마 출발하면서부터 이 순간을 생각해 왔음이 틀림없어. 그리고 지금 그 순간을 맞은 거지. 최선을 다하고 있는 거야. 유종의 미를 거두려고. 난 그레고리가 아주 용기 있다고 생각했어. 그래서 그가 마차 뒤로 돌아갔을 때, 따라가서 그렇게 말해 주려고 했어. 그런데 안 그러길 잘했던 것 같아. 불쌍한 그레고리… 결국 펑펑 울어 버린 거야. 잠시 후 그레고리는 마음을 추스르고 말했어.

"이제 할아버지를 위해 아무것도 해 줄 것이 없으니, 너를 위해 뭐 하나만 하면 안 될까, 한나?"

난 그가 눈물을 닦고 코를 훔칠 수 있도록 조금 기다렸다가, 도시로 돌아가면 나의 새부모님께 한 번만 방문해 달라고 부탁했어.

"전할 말은 없어?"

"나를 대신해서 부모님께 안부를 전해 줘. 특히 어린 호다에게. 그리고 날 용서해 달라고 부탁해 줘. 가능한 한 빨리 돌아가겠다고 말이야. 또 나는 잘 있고, 여행도 편안하다고. 오히려 좀 지루하다고……."

그레고리는 웃으며 말했어.

"거짓말쟁이."

"그런데 이오림 할아버지께는 말씀드렸어?"

"응, 아셔."

"내 계획에 대해 뭐라고 말하셔?"

"별로 놀라지 않으시더라. 네 눈에 다 쓰여 있다고……. 그리고 너에게 전해 주라며 이걸 주셨어. 필요할 거야."

그건 까만 가죽 지갑에 들어 있는 작은 나침반이었어. 난 그걸 받아 주머니에 넣었지.

"그리고 말씀하셨어. 옛날에는 남쪽을 향해 계속 직진하면 거의 매일 저녁 즈음이면 오아시스가 하나씩 나타났다고."

"옛날에는 거의……."

할아버지는 벌써 소파에 앉아 계셨어. 우린 그 옆으로 갔지. 그리고는 그저 서로를 안아 주었어. 그러고 나서 그레고리는 마차에 올라타고는 말들을 재촉했어. 난 내 담요와 가방을 챙겼지. 처음 떠나던 그날처럼. 그리고는 남쪽을 향해 걷기 시작했어.

한 백여 미터 갔을까? 뒤를 돌아봤는데 우리 셋이서 말이야, 너무나도 예쁜 삼각형을 만들고 있지 않겠어? 저편, 거대한 산 아래 아주 조그마한 모습으로 그 무서운 하늘길을 향해 홀로 가는 용감한 그레고리. 여기, 흔들거리는 소파에 앉아 손에는 병을 든 채 죽음을 기다리는 이오림 할아버지. 그리고 이 거대한 공간 속에 너무나도 작고 초라한 나. 우리 셋은 각자 서로에 대해 자신보다 더 걱정하고 있음이 틀림없었어. 그러면서 또한 우리 셋은 서로 용기를 잃지 않아야 한다고 생각했을 거야.

# 제4장 사막

사막에 들어갈 땐 말이야, 토멕, 처음 열 발자국이 중요해. 그 다음은 다 똑같아. 앞으로 한 걸음 한 걸음 나아갈수록 되돌아간다는 것은 점점 더 어리석은 일이 되지.

날씨가 아주 더운 건 아니었어. 난 즐겁게 걸었지. 그래, 아주 즐겁게. 지금도 똑똑히 생각이 나. 손으로 쓰다듬고 싶을 정도로 너무나도 부드러운 모래 언덕이 내 양옆으로 펼쳐져 있었어. 멀리 내다보기 위해 언덕 위로 기어 올라가 보면 또다른 수많은 언덕들이 끝없이 이어졌어. 그 곡선들은 마치 바다 위의 파도가 정지되어 있는 모습 같았지. 그곳의 모래는 여기 모래와 확실히 달라. 마치 밀가루처럼 곱고 오렌지색을 띠고 있지. 난 뾰족한 언덕 꼭대기에 앉아서 손으로 움켜쥔 모래가 손가락 사이로 빠져 흐르는 놀이를 즐기곤 했어. 햇볕에 달궈진 언덕 한쪽은 미지근했고 다른 한쪽은 차가웠어. 난 거기 아주 오랜 시간 머물러 있었어. 침묵의 소리를 들으며 쉬면서. 그레고리가 싸준 말린 과일을 좀 먹기도 했지. 물도 마시고. 그리고는 저 아래까지 떼굴떼굴 굴러 내려가 보기도 했지. 그 아래쪽은 발밑에 느껴지는 모래가 더 단단하고 걷기에도 편했어.

한낮이 되면 태양은 제일 높은 곳까지 올라가 있었어. 이오림 할아버지가 준 나침반이 정말 큰 도움이 됐지. 그게 없었다면 아마도 난 계속 같은 곳을 뱅뱅 돌고 있었을 거야. "남쪽을 놓치지 마! 아마 곧 오아시스가 있을 거야." 이오림 할아버지가 그렇게 말했어. 난 계속해서 믿음을 되새겼지. 그리고는 얼마 안 가서 그 믿음이 헛되지 않았다는 것을 알게 됐어. 오후 느지막할 무렵, 난 무언가를 발견하고 그대로 서버렸어. 내 발 아래에 작은 나뭇가지 하나가 다른 모래보다 훨씬 굵은 모래 알갱이에 걸쳐 있는 걸 봤거든.

"어디서 왔니, 나뭇가지야? 나에게 이제 갈 길이 얼마 남지 않았다고 말해주려는 거야?"

한 시간이 좀 못 되어서 그 사막에서 처음으로 오아시스를 하나 발견하게 됐어. 연약한 관목들로 이루어진 조그마한 숲이었는데, 그곳에는 불을 피울 수 있을 만큼의 충분한 마른 나뭇가지들이 있었고, 시원한 물로 가득 찬 샘이 있었어. 난 간단

하게 밤을 보낼 야영 준비를 하고 하늘 위로 별들이 하나둘씩 모습을 보일 때 그것들이 잘 보이도록 자리를 잡고 누웠지. 차가운 공기가 느껴져 잠에서 깨어나 봤더니 모닥불이 꺼져 있었어. 다시 불을 피웠지만 불이 약해지면 이내 몸이 떨려 왔어. 사막에서 보내는 밤은 정말 무서우리만큼 추웠지. 담요 속에서 몸을 웅크려 봤지만 소용이 없었어. 도무지 몸을 덥힐 방법이 없더군. 그날 정말 안 좋은 밤을 보냈던 것 같아. 그래서 새벽녘 서광이 비치기가 무섭게 일어나서 짐을 꾸리고는 발걸음을 재촉했어. 걸으면서도 걱정이 되던걸. 이렇게 잠을 설치고 나서 어떻게 다시 하루 종일 걸을 수 있을지……. 그리고 더 이상 걸을 수 없을 만큼 힘이 들면 그땐 어떻게 하지?

하지만 따스한 아침 햇살은 밤새 얼어붙은 내 몸을 녹여 줬어. 어두운 생각들이 사라지고 다시 전날의 기쁨을 되찾았지. 늘 그래 왔던 것처럼.

작은 모래 언덕 위에 앉아 그림자들이 만들어 내는 섬세한 그림에 취해 있던 때였어. 갑자기 어디선가 방울 소리 같은 것이 들리는 거야. 귀를 기울였지만 사막의 거대한 적막만이 있을 뿐이었어. 몇 분이 흐르자 딸랑거리는 소리가 다시 들려왔어. 이번에는 더 확실하고 더 가깝게 말이지. 나는 결국 멀리 동쪽에서부터 이리로 오고 있는 긴 대상 행렬을 발견하고야 말았어.

행렬은 모래 언덕을 지나며 그 모습을 드러냈다 다시 사라졌다를 계속 반복했어. 적어도 낙타가 백 마리는 돼 보이던걸. 그뿐 아니라 양들, 염소들……. 나에게까지 오려면 꽤 시간이 걸릴 것 같았어. 그래서 그냥 보고만 있었지. 남자들, 여자들, 어린아이들……. 형형색색 길게 늘어뜨린 옷으로 몸을 감싸고, 얼굴은 천으로 감아 눈만 보이도록 했지. 그들 중 몇몇은 낙타 위의 안장에 앉아서 가고 나머지는 그 옆에서 걷고 있었어. 누군가는 큰소리로 외쳐 대기도 했고, 한 열댓 명의 어린 소녀들은 무리를 지어 웃으며 노래를 부르고 있었어. "적어도 나를 발견은 했을 텐데……." 난 혼자 중얼거렸어. 하지만 어느 누구도 내 쪽으로 고개를 돌리는 아이는 없었어. 마치 나라는 사람이 존재도 하지 않는 듯 말이야. 이제는 모두가 다 내 앞을 지날 참인데 뭐라도 해야 할 것 같았어. 맨 마지막 행렬이 내 앞을 지나갈 무렵, 그들을 향해 언덕 아래로 내려가려고 하는데, 나이는 내 또래 즈음 되어 보이고, 머리에는 아무것도 쓰지 않은 채, 짙은 청색의 긴 웃옷을 입은 한 소년이 나를 발견하고는 곧바로 내 쪽으로 달려왔어.

"이름이 뭐니?"

"한나, 한나라고 해."

"난, 라리크라고 해. 우리와 함께 갈래?"

검고 고불거리는 그의 머리칼이 이마 위를 덮고 있었어. 그의 이 사이가 벌어져 있다는 사실을 발견한 건 얼마 가지 않아서였고. 흔히들 말하지, 그것은 행운의 이라고.

"그러니까… 너희는 서쪽으로 가잖아. 난 남쪽으로 가거든."

내가 더듬거리며 말했어. 그러자 소년은 내 말이 끝나기가 무섭게 말하는 거야.

"아쉽군. 그럼 잘 가."

그리고는 바로 돌아서려고 했어.

뭐, 잘 가라고? 순간 불안한 마음이 날 엄습해 왔어. 이렇게 빨리 또다시 혼자가 되라고? 이 사막에서! 마치 도시의 광장 한복판에서 마주치듯 이렇게 쉽게 날 놔두고 간단 말이야! 이렇게 말하려는데 그가 다시 돌아서며 말했어.

"한나, 만약 네가 우리와 함께 떠나면 무슨 일이 일어날지 알고 싶니?"

질문치고는 참 이상하다고 생각했지만 그 소년이 그냥 떠나가 버릴까 봐 대답했어.

"응, 알고 싶어."

그의 얼굴에 환한 미소가 감돌았지.

"그럼 이리 와!"

그러더니 내 가방을 빼앗아 들었어.

난 일어나서 그와 함께 모래 언덕을 내려왔지. 그가 행렬을 따라잡기 위해 빠른 걸음으로 앞으로 나아갔어.

"너무 빨리 가지 마. 그리고 너희를 따라간다고는 안 했잖아."

내가 말하자 그가 서서 나를 기다렸어.

"알아, 알아. 넌 우리를 따라가지 않는다는 거. 단지 네가 우리를 따라가면 어떻게 되는지 알려 주려고 하는 거야. 네가 원하기만 하면, 일 분이 지났든 십 년이 지났든 바로 넌 다시 아까 있던 그 모래 언덕 위로 가게 될 거야. 난 멀리 있지 않을 테니까 나한테 말만 하면 돼. 무슨 말인지 알겠지?"

"아니, 무슨 말인지 도무지 모르겠는데."

"좋아. 잘 들어. 이제 우리는 저 사람들이 있는 곳으로 갈 거야. 그러면 내가 네게 다시 네가 있었던 모래 언덕으로 돌아가고 싶은지 물을 거야. 그러면 넌 '응'이라고 해. 알았지?"

도무지 무슨 소린지 이해가 안 됐지만 일단 그를 따라갔어. 그리고는 행렬까지 다가갔지. 두 어린 소녀가 걸음을 멈추었어. 그들 중 여섯 살도 안 되어 보이는 한 아이가 나를 보면서 뜨겁게 달궈진 손으로 내 손을 잡으며 이렇게 말했어.

"왜 이렇게 숨이 차? 낙타 위로 올라갈래?"

그 소녀에게 대답할 겨를도 없이 라리크가 먼저 나에게 약속한 질문을 던졌어.

"되돌아갈래?"

난 그렇다고 말했어.

"그래? 자, 그럼 눈을 감아 봐."

난 눈을 감았고, 그랬더니 글쎄 순식간에 난 다시 아까 그 모래 언덕에 앉아 손가락 사이로 모래를 흘려 내리는 장난을 하고 있지 않겠어? 저 멀리서 대상 행렬이 화려한 색깔과 소음들을 내뿜으며 내 쪽으로 다가오는 거야! 조금 전과 똑같이 전체가 내 앞을 지나가는 거지. 남자들은 침묵 속에서, 어린 소녀들은 노래를 부르면서, 그리고 아이들, 낙타들. 꿈이 아니었어. 모든 게 조금 전과 하나도 다를 바가 없었어. 제일 뒤에 오던 라리크가 혼자서 나를 발견하고는 모래 언덕 위로 올라왔지.

"이름이 뭐니?"

"한나, 한나라고 해."

"난, 라리크라고 해. 우리랑 함께 갈래?"

"으응, 그래."

행렬에 합류하기 위해 서둘러 달려가면서 나는 소리치며 물었어.

"라리크! 라리크! 내가 원할 때 다시 그 자리로 갈 수 있는 거지? 아까처럼 말이야. 약속하지?"

"원할 때, 말만 해. 한 시간 후든 이십 년 후든 약속할게. 자 뛰어!"

우리는 곧 행렬을 따라잡았고, 그중에 있던 어린 두 소녀가 걸음을 멈추었어. 그들 중 여섯 살도 안 되어 보이는 한 아이가 나를 보면서 뜨겁게 달궈진 손으로 내 손을 잡으며 이렇게 말했어.

"왜 이렇게 숨이 차? 낙타 위로 올라갈래?"

몇 시간이 안 되어 난 적어도 이십여 명의 아이와 서로 알고 지내게 되었지. 그 아이들은 내가 어디서 왔는지, 어디로 가고 있는지 따위는 묻지도 않았어. 어른들은 우리에게 먹을 것과 물을 나눠 주기도 하고 잘 돌봐 주었지. 그러면서도 내가 누구 아이인지 알려고 하지도 않았어. 난 누구의 아이도 아니었고, 결국 모두의 아이가 되어버렸지.

우리는 한 방향으로 쭉 직진하지 않고 물이 있는 곳을 중심으로 이동했지. 물 옆에 이르게 되면 그곳에서 그날 밤 야영을 하고. 별을 보면서 두꺼운 양털 이불을 덮고 포근한 잠을 청할 수 있다는 게 얼마나 행복한 일인지! 그리고 특히 행복했던 건, 바로 내가 보호받고 있다는 사실이었지. 그러다 한 몇 주 동안은 오아시스를 하나도 보지 못했어. 물이 부족했지. 아이들은 작은 그릇을 하나씩 가지고 있었는데, 식사 때가 되면 아주머니 한 분이 오셔서 거기에 음식을 담아 주곤 했지.

"자, 이 정도면 마시고, 손도 씻고, 또 네 그릇도 헹굴 수 있을 거다."

처음에는 농담하는 줄 알았어. 그런데 아니었어. 잘만 하면 그 정도의 양으로도 그 모든 걸 다 할 수 있더라. 그 외에도 많은 걸 배웠어. 빵 만드는 법, 염소 다루는 법, 별을 구별하는 법 등. 내가 다른 사람들에게 많은 걸 가르쳐 주기도 했지. 난 읽고 쓸 줄 아니까 그걸 한 삼십 명도 넘는 아이들에게 가르쳐 주었는걸.

그렇게 몇 달이 지났어. 다른 것이라고는 아무것도 없는 하늘과 모래, 그 사이에서 말이야. 때로는 한 계절 내내 한 곳에 머물기도 했어. 그렇게 오래 머무를 때면 염소나 양들이 도망가지 않도록 울타리를 쳐 놓아야 했지. 하지만 절대로 한 곳에 정착하는 일은 없고, 결국은 떠났지. 우리의 대장정은 끝이 없는 듯 보였어. 그러면서 난 점점 매일 밤 잠자기 전 이런 생각을 했지. '그래, 며칠만 더 있자. 그러고 나서 라리크에게 돌아간다고 말하지 뭐.' 제법 긴 세월을 밤마다 그랬던 것 같아. 이 '며칠만'이라는 게 계속됐고, 난 그 말을 하지 못하고 세월이 지나갔지. 늘 미처 마치지 못한 뭔가가 남아 있었거든. 이 양이 새끼를 낳을 때까지만 기다리자, 우리 예쁜 다엔이 완전히 글을 깨우칠 때까지만 기다리자, 누군가가 손수 만들어 몰래 주고 간 이 가죽신이 좀 닳을 때까지는 기다리자. 조금만 더 있다 보면 그게 어떤 남자 아이인지 알 수도 있지 않을까.

이렇게 계속 나의 또 다른 새 가족들과 헤어질 날을 뒤로 미루기만 하고 있었지. 그러다 몇 년이 흘렀어. 다른 것이라고는 아무것도 없는 하늘과 모래, 그 사이에서 말이지. 내가 신경을 못 쓰고 있던 사이에, 세월은 나의 추억과 그전의 인생 위에 조금씩 장막을 씌우고 있었던 거야. 그렇게 나는 조금씩 옛날의 어린 한나를 잊어 가고 있었던 거지. 아빠와 새 시장을 걸었던 한나를, 멧새와 함께했던 한나를……. 그 어린 한나를 생각하려고 하면 너무나도 멀리 느껴지고 마치 부르면 멀리 도망가 버리는 짓궂은 아이처럼 보이는 거야.

이런 이야기를 내가 직접 한다는 게 우습지만, 난 어느새 예쁜 숙녀가 되어 있었어. 그건 나를 쳐다보는 남자들의 눈길에서 느낄 수 있었지. 그러다 내가 딱 스무 살이 되던 해에 우리는 어느 한 산자락에 있는 거대한 도시에 이르게 됐어.

"여기가 토프카의 가장 큰 번화가야. 아마 우리는 여기서 머무르게 될 거야."

라리크가 말했어.

"새 인생이 시작되는 거지. 어떻게 생각해?"

내가 바보가 아닌 다음에야 그 질문을 모르겠어? 이 말을 하고 싶은 거지.

'원래 있던 모래 언덕 그 자리로 돌아가고 싶니? 아니면 우리랑 함께 여기 계속 있고 싶니?' 난 잠시 망설였지만 결국 호기심이 이겼어.

"같이 갈래!"


라리크 말이 맞았어. 우리 중 대부분은 토프카에 남게 되었지. 그곳은 살기에 안성맞춤이었어. 난 시끌벅적하고, 생기 있고, 늘 뭔가 일이 생기는 그 도시가 너무나도 마음에 들었어. 두 해가 지날 무렵 난 결혼까지 했지. 아모스라고 하는 젊은 남자인데, 그 가죽신 주인공 말이야! 아주 인내심이 많은 남자였어. 우리는 함께 작은 식당을 운영했는데, 하루하루 아주 바쁘게 지냈지. 난 요리를 하고 아모스는 손님을 받았어. 돈도 적당히 모아서, 얼마 후 녹음이 우거진 높은 곳에 집도 한 채 얻을 수 있었어. 얼마 있다가 우리의 첫째 아이가 태어

나고, 우리는 그 아이에게 칸이라는 이름을 주었어. '사막'이
라는 뜻이지. 둘째 아이 아이다도 곧이어 태어났고. 그런데 두
아이는 꼭 식당 안에서만 놀았어. 우리가 아무리 밖에 나가
놀라고 해도 들은 체도 안 하고 늘 식당 안에서만 놀았지.

"칸, 제발 손님들 좀 방해하지 말라니까!" 아모스가 이렇
게 야단치는 게 일이었지. 그렇지 않으면 "아이다, 손님 옷 빨
리 제자리에 갔다 놔!"

그러면 손님들은 웃으며 이렇게 말하곤 했어.

"괜찮아요. 놔두세요. 애들인데요, 뭘."

그러고는 자기 몫의 디저트 반을 떼어 주곤 했어.

이런 행복한 시간도 눈 깜짝할 사이에 지나갔지. 사막에
서 살면서 난 인생이 일순간이라는 걸 알게 되었어. 그리고 그
한순간은 영원을 포함하고 있다는 것도. 그래. 난 겨우 우리
아이 아이다를 좀 예뻐해 줄 시간이나마 있었나 싶었는데, 그
아이도 자라서 어엿한 여인이 되고 또 아이를 가지게 되었으
니까. 하지만 그게 그리 서글픈 일은 아니었어. 난 또 멋진 할
머니가 될 수 있었으니 말이야.

그러다가 그 일이 벌어진 거지. 그 당시 라리크는 그 도시
의 정반대 쪽에 살고 있었어. 보석상을 하면서 말이야. 그도
나이가 많이 들었겠지.

아이다의 아이가 아홉 살이 되던 해였어. 갑자기 그 아이가 열이 나기 시작하는데 도무지 내려가질 않는 거야. 몇 명의 의사들이 다녀갔지만 소용이 없었어. 결국 이런저런 방법으로 치료해 봤다는 민간요법 치료사들까지 오게 됐지.

"열을 내리게 할 수 있을 겁니다."

그 사람들이 서로 저마다의 치료법을 내세우는 거야.

우리는 눈먼 낙타의 젖도 마시게 해 봤고, 미지근한 잿더미를 몸에 발라도 봤고, 알 수 없는 수수께끼 같은 언어로 주문도 외워 봤고, 사흘 동안 세 시간 간격으로 세 개씩의 메뚜기 왼쪽 발도 먹여 봤어. 우습지? 그래 웃을만한 일이지, 그렇게 절망적인 상황만 아니었다면. 그러던 어느 날이었어. 그날은 아이다를 좀 쉬게 하려고 내가 아이 옆을 지키고 있었지. 그 어린아이가 힘겹게 앓는 소리를 내는 것을 듣고 일어나 봤더니 아이의 몸은 뜨겁게 달아오르고, 힘이 하나도 없이 축 처져 있었어. 난 그 아이를 쓰다듬으면서 불러 봤어.

"얘, 눈을 좀 떠보렴. 눈을 떠 봐."

하지만 아이는 아무 반응이 없었어. 난 겁이 났어. 너무도 무서웠지. 난 한밤중에 마치 미친 사람처럼 달리기 시작했어. 베일을 뒤로 휘날리면서. 정신을 차릴 수가 없었기에 수차례 길을 잃어버리기도 했어.

"어디 가세요, 할머니?"

뒤에서 누군가가 창문 너머로 나를 발견하고는 소리쳤어.

"라리크에게! 라리크를 찾아야 해!"

"보석상 라리크요?"

"그래."

그 남자는 집에서 내려와 나를 그의 가게까지 안내해 줬어. 난 그에게 애원하듯이 말했지.

"빨리, 더 빨리!"

물론 라리크는 자고 있었어. 난 그의 집 문을 두드렸고, 결국 그가 문을 열어 줬어. 그의 검은 머리는 어느덧 회색으로 변해 있었지. 나를 보자마자 그는 알아차렸어.

"뭘 해 줄까, 한나?"

"알잖아, 라리크. 나를 다시 돌아가게 해 줘. 너무 무서운 일이……."

"말 안 해도 돼, 한나. 기억하고 있지? 그냥 나에게 주문만 하면 돼. 자, 이제 결정한 거야?"

"응, 결정했어. 빨리."

"잘 가, 한나. 너를 만나서 기뻤어. 자, 눈을 감아."

난 눈을 감았어.

오렌지빛이 나는 모래가 내 손가락 사이로 흐르고 있었어. 그러다 갑자기 나는 멀리서 방울 소리 같은 것을 들었지. 한 대상 행렬이 이리로 오고 있는 거야. 그 행렬은 내가 앉아 있는 모래 언덕 바로 앞을 지나서 앞으로 이동을 했어. 남자들은 침묵 속에서, 어린 소녀들은 노래를 부르면서, 그리고 아이들, 낙타들, 염소들, 양들. 긴 행렬의 한 백여 미터 뒤로 내 나이쯤 되어 보이는 소년 하나가 보였어. 멋진 청색의 긴 웃옷을 입고 있는… 검고 고불거리는 그의 머리칼이 이마 위를 덮고 있었지. 하지만 그는 고개를 돌리지 않았어.

"라리크."

나는 조용히 불러 봤지.

"라리크……."

그래도 그는 돌아보지 않았어. 그의 가느다란 실루엣은 점점 멀어지고. 그와 함께 결코 만나지 못할 나의 친구들도 다 가 버렸어. 내가 결코 결혼할 수 없을 나의 남편도. 내가 결코 글을 가르쳐 줄 수 없을 아이들도. 내가 낳을 수 없을 나의 자식들도. 나는 잠시 동안 그의 이름을 크게 부르고 싶은 충동을 강하게 느꼈어. "라리크! 라리크!" 하지만 난 알고 있었어. 그러면 안 된다는 걸. 그가 더 이상 들으면 안 된다는 걸. 그래서 난 그냥 중얼거리고 말았지.

"안녕, 라리크… 다엔… 아모스… 칸… 아이다… 모두 안녕."

## 제5장 침묵하는 자들

그다음 일들은 잘 생각이 나지 않아. 아마 생각이 다른 데 있었던 것 같아. 나의 또 다른 인생, 모래 언덕 위에서 단 몇 초 사이에 겪었던 인생 말이야……. 아마도 그 기억에서 아직 헤어나지 못했던 거겠지.

난 걷고 또 걸었어. 그 외에 다른 할 일이 뭐 있겠어? 조그마한 불을 피워 놓고 그 옆에서 담요를 뒤집어쓴 채 쪼그리고 앉아 있는데, 정말 처음 느꼈을 때와 똑같은 외로움을 느꼈어. 그래서 난 길을 떠난 후 처음으로 공책과 연필을 가방에서 꺼내 들었지. 그리고는 쓰기 시작했어. 이 습관이 이후로도 계속 이어졌어. 이건 내 비밀 이야기들이긴 한데, 넌 들어도 돼. 넌 말이야, 내 모든 비밀을 다 알아도 되니까. 뭐, 다는 아니더라도……. 자 그럼 들어봐. 내 사막에서의 일기를.

### 첫째 날

아침부터 쉬지도 않고 걸었다. 모든 것이 다 떠나버린 것 같았고, 나에게는 이오림 할아버지가 주신 나침반 하나, 그리고 내 두 다리, 이것만 남은 것 같았다. 나침반은 어디로 가라고 말해 주고, 다리는 그곳으로 간다. 노래를 불러 봤지만 숨이 찼다. 너무 추웠지만 불을 피워 놓으면 몸을 약간은 덥힐 수 있었다. 오아시스에 있는 나무를 다 태우고 싶었다. 그래서 커다란 불기둥을 만들어 수백 킬로미터 떨어진 곳에서도 내가 어디 있는지 볼 수 있게 하고 싶었다. 마치 '나 여기 있어요! 나 여기 있어요! 빨리 와서 날 데려가 주세요!'라고 외치듯. 하지만 그러면 안 된다. 나중에 다른 사람들도 올 텐데, 그러면 분명 몸을 녹이기 위해 불을 피워야 하고 그러려면 마른 나뭇가지가 필요할 텐데. 나뭇가지 하나하나를 소홀히 생각하면 안 된다.

### 둘째 날

어젯밤에 제대로 표현이 안 된 것 같다. 사막은 생각했던 것만큼 황량하진 않다. 사막을 건너는 다른 '개미'들도 있으니까! 물론 진짜 개미가 아니라 사람들이다. 오후 무렵 작은 행렬을 만났다. 그리고 그 이후로는 그들을 줄곧 따라다녔다. 사람 다섯, 낙타 다섯. 낙타는 무거운 짐을 지고 있었다. 이 사람들은 별로 말이 없었다. 낙타만큼이나 말이 없었다.

"남쪽으로 가요?"

그들 중 적어도 넷은 똑같은 몸짓을 했다. 팔을 벌리면서 손바닥을 하늘로 향하는 시늉. 이건 분명 이런 말이다. '보면 모르니?'

첫 번째 교훈, 남쪽을 향해 걷는 사람에게 남쪽으로 가냐고 묻는 것은 바보짓이다.

"저도 같이 가면 안 돼요?"

고개를 한 번 살짝 젖힌다. 무슨 의미? '그러고 싶으면 그러렴.'

그들은 흰색 긴 옷을 입고 있었고, 다들 비슷한 모습들이었다. 그 사람이 그 사람 같았다. 두 눈 외에는 보이는 게 없으니까.

다른 질문을 하기까지 두 시간도 넘게 참았다.

"그 가방들 안에는 뭐가 그렇게 들었어요?"

"소금."

제일 가까이 서 있는 아저씨가 대답했다.

휴우, 적어도 벙어리는 아니구나!

혹시나 대화의 물꼬라도 터볼까 하고 다시 물었다.

"소금이요?"

하지만 안 할 걸 그랬다. 또다시 팔을 벌리면서 손바닥을 하늘로 향하는 시늉. '참 딱하구나. 넌 좀 전에 모처럼 질문다운 질문을 했어. 그래서 난 대답해 줬고. 그런데 똑같은 질문을 또 하니? 아서

라, 관두자.'

난 그날 저녁까지 다시는 입도 뻥끗 안 했다.

### 셋째 날

와! 이 사람들 정말 한마디도 안 하네. 오늘 아침은 정말 미치는 줄 알았다. 도무지 무슨 말을 해야 말이지. 난 그래서 일부러 그들로부터 멀리 떨어져 있었다. 그러면서 내 마음대로 혼자 지껄이기도 하고 소리도 질렀다. 아무 말이나. 바보 같은 이야기들도. 구구단까지 외웠다! 그러고 나서 그들에게로 갔다. 기분이 훨씬 나아졌다.

그 사람들은 뭐 대단한 건 가지고 있지 않았지만 모든 걸 다 나눠 먹었다. 내게 담배까지 권했으니. 나 참…….

### 넷째 날

오늘은 또 무슨 일이 있었을까? 아무것도 없었다. 아, 있었다. 사막에 산다는 작은 영양을 보았다. 물을 전혀 안 마시는 동물이란다. 오늘 아침부터 딱 네 마디 말했다. 일어나면서 "잘 주무셨어요?" 오후에 두 번 "고맙습니다." 저녁에 "안녕히 주무세요."

낙타 옆에 있으면 좀 위로가 되는 거 같았다. 낙타 옆에서 걷는 게 제일 좋다. 덩치는 엄청나게 큰데 걸을 때는 마치 고양이처럼 사뿐사뿐 조용히 걷는다. 이 동물은 정말이지 절대로 멈추지 않고 계속 걸을 수 있을 것 같다.

다섯째 날

난 물어봤다.

"혹시 반 바이탄 아세요?"

고개를 끄덕인다. 안다는 뜻이다.

"그럼 토프카는요?"

눈을 커다랗게 치켜뜬다. 모른다는 뜻이다.

작렬하는 태양에 머리가 지끈거린다. 그 사람들이 하얀 천으로 내 머리를 싸 주었다. 그 하얀 천에서는 냄새가 많이 났지만 햇볕과 모래 먼지로부터 얼굴을 가릴 수 있어서 좋았다. 어쨌든 내 손수건보다야 나았다. 이제는 그 사람들하고 똑같은 모습이 되었다. 다 가리고 눈만 밖으로 나와 있다.

여섯째 날

어제 저녁 식사 후, 지루함을 달래려 내 공책에 코가 비뚤어진 아저씨의 얼굴을 그려서 그에게 보여 줬다. 아무 반응이 없다. 다른 사람들은 와서 보고는 웃는다. 그냥 웃는 것도 아니고 숨이 멎도록 웃는다. 밤이 되었는데, 그들 중 한 명이 또 웃기 시작한다. 아마 또 그 생각이 났음이 틀림없다. 그러다가 다른 사람들에게도 전염되어 다 웃기 시작한다. 오늘 저녁에 가장 나이가 많은 아저씨가 와서 자기도 그려 달라고 한다. 앞니가 빠진 아저씨였는데, 나는 그의 웃는 모습을 그렸다. 다시 웃음바다.

### 일곱째 날

이상한 일이다. 난 이 아저씨들의 침묵이 좋아지기 시작한다. 편안해진다. 사실 알고 보면 말할 일이 생각보다 많지도 않은 것 같다. 그리고 참, 너무나 당연한 사실도 하나 알아냈는데, 말을 많이 하면 목이 마르기 마련이다. 그런데 우리는 지금 물이 부족하다. 침마저도 귀하다. 여기서는 모든 게 귀하다.

### 여덟째 날

점점 더 이 아저씨들의 손짓이 무슨 의미인지 이해할 수 있을 것 같다.

—손을 빠르게 가슴에 대면: 안녕!

—손을 앞으로 뻗어 들면: 줘! (그러면서 손가락을 마구 움직이면: 빨리 줘!)

—손을 얼굴 높이로 들고 부채질하듯 빠른 속도로 움직이면: 이러면 안 좋아!

—검지와 중지로 가위질하듯 하면: 좋아! (흔히 저녁이 될 무렵 이렇게 하면: 오늘은 여기서 머문다)

—손을 똑바로 마치 움직이지 않는 작은 벽처럼 뻗으면: 기다려!

—손에 힘을 빼고 부드럽게 움직이면: 맛있지? (흔히 저녁 식사할 때)

이거 말고도 적어도 한 백여 개는 더 있다. 하지만 거의 쓰이지 않는 것들도 많다. 그냥 손가락 운동밖에는 안 되는 것들.

### 아홉째 날

오늘 저녁은 잠자리가 어디일까? 그것은 바로… 침대 위! 설명하자면 이렇다. 나와 우리의 '침묵하는 자'들은 사막의 끝에 왔다. 그러니까 말하자면 지금껏 걷고 또 걸었던 그 사막의 끝에 드디어 도착한 것이다! 사막을 지나 도착한 여기는 사람도 많고 요란한, 그야말로 거대한 상업 도시였다. 수레바퀴처럼 도는 인생! 가슴을 찌르는 듯한 느낌이 들었다. 왜냐하면 이 도시를 보면서 토프카가 생각났기 때문이다. 내가 이제 그들을 떠나려고 하는데 그들 중 한 명이 손을 가슴 쪽으로 똑바로 뻗어 작은 벽을 만들었다. 기다리라는 뜻이다. 난 근처 돌 위에 앉아 기다렸다. 그들은 네 시간이 지나서야 다시 돌아왔다. (사막까지 건너온 마당에 네 시간이야 별거 아니지) 그들 중 한 명이 자신의 손수건을 펼쳐 들더니 그 안에 지폐를 몇 장 싸서 내게 주었다. "왜요?" 내가 물었지만 그는 손으로 대답한다.

'가져가!' 그리고 눈으로 말한다. '묻지 말고.' 난 그제서야 그들이 가지고 온 소금을 팔아 내게 돈을 준 것이라는 걸 깨달았다. 눈물이 흘렀다. 난 그들이 머리에 쓰라고 빌려준 기다란 흰 천을 돌려주었다. 그들은 내게 마지막 인사를 했다. 손을 가슴 쪽에 대고 살짝 고개를 숙이면서. 그리고는 군중 속으로 사라졌다. 나는 무척이나 참담한 생각이 들었다. 나도 그들에게 무언가를 줬어야 했는데.

하지만 난 가진 게 아무것도 없었으니. 정말이지 하나도……. 그때 갑자기 생각이 났다. 이렇게 사막을 함께 가로지르는 동안, 나는 단 한 차례도 내 이름을 말해 주지 않았다. 나는 달렸다.

"잠깐만요! 기다려요!"

그들은 뒤를 돌아봤다. 나는 멀리서 외쳤다.

"내 이름은 한나예요!"

그 말을 남기고 나는 뒤돌아서 냅다 뛰었다. 선물로 내 이름을 줘보기는 처음이다.

열째 날

그러니까 바로 '침묵하는 자'들이 준 돈을 가지고 난 조그만 여관을 찾아서 침대에서 잘 수 있게 된 것이다. 침대가 그렇게 푹신한 것인 줄은 정말 몰랐다. 실은 너무 무른 것도 같았다. 피곤함 속에서 잠에서 깼다. 남쪽으로 향하는 마차를 하나 구했다. 마차를 보니 이오림 할아버지와 그의 마차 그리고 그레고리 생각이 났다.

### 열한 번째 날

경치가 빠르게 변한다. 들판, 나무들, 그래! 진짜 나뭇잎이 달린 진짜 나무들. 오늘 아침에 본 물길 또한. 사람들이 친절한 조그맣고 작은 마을들도 지나고. 그래도 피곤한 건 어쩔 수 없다. 더 잘 먹어야 할 텐데. 살이 좀 빠진 것 같다. 부드럽고 달콤한 것들이 먹고 싶다. 그래, 당과류! 다음 마을에 다다르면 가게 구경도 좀 해야겠다. 그리고 필요한 것 딱 하나만 사야겠다.

# 제6장 토멕

사막 일기는 이게 끝이야, 토멕. 이제부터 이야기해 줄 내용은 특별히 네가 더 관심이 갈 거야. 왜 그럴까 궁금하지? 그다음 마을이 바로 네가 사는 마을이었거든. 너도 그렇게 생각하겠지만 참 예뻤어, 그 마을. 그리고 특히 평화로워 보였어. 난 그곳이 마음에 들었어. 거기에 도착한 게 오후였어. 난 그저 발이 닿는 대로 좁은 골목길을 걷고 있었지. 내 나이쯤 되어 보이는 아이들이 말을 걸어왔어.

"어디 가니? 이름이 뭐야?"

난 그 애들하고 공기놀이까지 했어. 그런데 그러다 갑자기 힘이 쭉 빠지는 거야. 그래서 어느 집 앞의 돌의자에 앉았지. 한 아주머니가 샐러드를 섞으면서 집에서 나오다 나를 보고는 말했어.

"안색이 안 좋아 보이네, 귀여운 아가씨. 얼굴이 창백해 보여."

"괜찮아요. 좀 피곤해서 그런 거예요."

"그럼 집에 들어와서 물 한 잔 마셔. 좀 쉬면서."

물 한 잔이 살구 잼을 바른 과자에 초콜릿으로 변해 버렸어. 그 아주머니의 이름은 린느였어. 참 좋은 분이야. 너도 알지 않을까? 혼자 사시는데, 난 그 집에서 하룻밤을 보냈지. 다음 날 길을 떠나려고 하는데 린느 아주머니가 하룻밤만 더 자고 가라고 나를 붙잡으시는 거야.

"오븐에 감자도 넣어 놨어. 오늘 저녁에 같이 먹자꾸나. 이렇게 음식 준비하고 있는 날 혼자 놔두고 갈 거니?"

그래서 난 또 하루를 더 머무르게 됐지. 난 낮에도 오랜 시간 잠을 잤어. 생각보다 많이 피곤하더라고. 저녁 식사 때, 우리는 감자를 실컷 먹었지. 잠시 후 나는 마을로 산책을 하러 나갔어. 낮에 잠을 많이 자둬서 안 졸렸거든. 그날 저녁 마을은 모든 게 고요하고 편안해 보였어. 마치 내가 그 마을에 사는 사람이라는, 가족도 있고, 인생에 아무런 근심도 없다는 착각이 들 정도로.

린느 아주머니의 집으로 돌아가려고 하는데 작은 길이 하나 보이더라고. 그 길은 어느 길과도 연결되지 않은, 그냥 마을이 끝나는 곳에서 들판 어디론가 사라지는 길이었지. "이 길 끝까지만 가보고 돌아가야지." 마지막으로 보이는 집에 이르렀는데, 그 문 위에는 굵고 파란 글씨로 이렇게 쓰여 있었어.
잡화상. 문은 열려 있었어. 조용히 들어가 봤지. 넌 계산대 뒤
에 앉아 있었어. 넌 마치 무슨 꿈꾸는 사람처럼 마음이 먼 곳
에 가 있는 듯 보였어. 뭔가 말을 해야 하는데. 넌 내가 들어
온 걸 눈치채지 못하고 있었지. 그런데 옆에 사람이 있는 줄도
모르고 앉아 있는 사람을 몰래 훔쳐보는 건 예의가 아니잖아.
그래서 난 네게 말을 걸기로 했어.

"여기 막대사탕 있나요?"

넌 조금 놀랐지.

"아, 네. 사탕하고 과자 있어요."

그러더니 네 손을 커다란 병 안으로 집어넣었지. 시작이 좋
았어.

"이 작은 서랍들 안에는 뭐가 들었어요?"

오, 토멕, 그랬더니 너는 사다리를 올라갔다 내려갔다, 또
다시 올라갔어. 미안해. 너를 골탕 먹이려고 그런 게 아니었
어. 하지만 그때 너는 너무 웃겼어. 영 어색해 보이면서도 동
시에 절대로 물러서지 않을 사람처럼 보였어. 기억나지? 난 그
때 너에게 정말 엉뚱한 것들을 요구했지. 그러면 너는 수줍은
마술사가 되어 바로 그것들을 내 앞에 내놓았고. 처음에는 그
냥 장난이었는데 잠시 현기증을 느낀 순간, 정말 막연한 희망

을 가지게 됐어. 그리고 생각했어. '한나, 저 소년에게 크자르 강의 강물이 있는지 물어봐!' 그러면 네가 이렇게 대답할 것만 같았어. '물론이죠. 있어요. 그런데 이 물은 방울로 팔아요. 몇 방울 필요하죠?' 그러면 난 그 방울을 내가 가지고 간 병에 담아 돌아가고, 나의 긴 여행은 그렇게 끝이 날 거라고 생각했지. 다시 오던 길을 되돌아가서 내 부모님과 멧새도 보고, 귀여운 호다의 둥근 볼에 입을 맞추고. 정말이야, 토멕. 그 순간 나는 정말로 네가 그 많은 서랍 중 하나를 열어 그 안에서 병 하나를 꺼내 들고 이렇게 말할 것만 같았어.

"자, 몇 방울 드릴까요?"

그러면 난 이렇게 대답했을 거야.

"한 병 다 주세요. 병째 다 살게요."

하지만 너는 고개를 흔들었지. 그런 건 없었던 거야. 다 있었지만 그것만은 없었지.

나는 막대사탕 값을 지불하려고 동전을 계산대 위에 올려놓고 린느 아주머니 댁으로 돌아왔지. 다음 날 아침, 나는 다시 길을 떠나려고 잡화점 앞을 지나갔는데 너는 뭔가 열심히 하고 있었어. 상자로 피라미드 모양을 쌓고 있었는데 내 쪽으로 등을 돌리고 있어서 나를 보지 못했지. 나는 소심한 성격이 아니거든. 너만 아니었다면 바로 들어가서 이렇게 말했을 거야. '안녕하세요. 어제저녁에 왔었죠. 기억하시죠?' 그런데 이상하게 너한테는 못 하겠더라고. 네가 몸을 내 쪽으로 돌리자 난 급히 옆으로 숨었어. 네가 볼까 봐. 하지만 마을을 떠나기 전, 마지막으로 한 번만 더 보고 싶었어. 네 미소를… 그리고 너에게도 내 미소를 한 번만 더 주고 싶었어. 그런데… 때로는 사람이 참 바보 같아.

# 제7장 곰

내가 처음 짙푸른 망각의 숲 앞에 서서 거대한 소나무들을 보았을 때, 그때는 별로 두렵지 않았어.

사실 말이야, 토멕. 그 숲은 안에 뭐가 있는지를 알기 전까지는 그다지 무섭지 않아. 그리고 나는 그 안에 뭐가 있는지 전혀 몰랐으니까……. 그 숲이 가진 마법의 힘과 그 안에 살고 있는 곰들 말이야. 네가 그랬지, 그 숲속에 들어가기 전에 얼마나 앞에서 망설였는지 모른다고. 그런데 놀라지마. 난 그 앞에 서 있던 시간이 삼 초도 안 될걸. 마치 버섯을 캐기 위해 뒷산에 올라가듯이, 그렇게 들어갔어. 그 정도로 무관심하게 말이야. 정말이야.

그렇게 들어가길 잘한 거 같아. 나무들이 거대했지만 숲이 참 친근하게 느껴졌어. 솔잎들로 뒤덮인 길들은 곧게 뻗어 있었고, 햇볕은 높은 가지 사이를 흩어져 내리고, 그 사이로 걷는다는 게 얼마나 아름다워 보였던지. 사람들은 숲속을 걷는 게 무섭다고 해. 자칫하면 늑대도 만난다고 하지? 난 그런 거 다 웃음밖에 안 나왔어. 그런데 그곳이 늑대보다 더 무섭고 잔인한 것들로 가득 찬 곳이었다는 걸 알았다면 그렇게 웃음이 나왔을까?

빛이 점점 희미해져 갔어. '당연한 거야. 소나무가 점점 더 빽빽해지니까' 난 생각했지. 하지만 얼마 안 가서 걸음을 점점 늦춰야만 했어. 앞이 보이지 않을 정도로 어두워졌거든. 정오밖에 안 됐는데 말이야. 그리고 기온이 갑자기 떨어졌어. 난 덜덜 떨기 시작했지. 그때 스스로 질문했던 게 기억나. '한나, 너 지금 추워서 떠니, 아니면 무서워서 떠니? 당연히 추워서 떠는 거지! 뭐가 무섭다고. 어린아이도 아니고……'

나는 옷을 더 추슬러 입고 계속 나아갔어. 길을 벗어나면 안 돼. 특히 길을…….

그렇게 생각을 안 하려고, 내가 어디 있는지 잊으려고 애쓰며 걸었어. 걱정을 떨쳐내기 위해서 나는 단순한 게임에 정신을 쏟으려고 했어. 이런 거 말이야. '너 쌀과자 어떻게 만드는지 아니, 한나? 자, 집중해 봐. 쌀과자? 응, 우선 우유를 끓이다가, 향을 첨가하려면 바닐라 한 조각을 넣고, 그다음 엔……. 그런데 지금 어디로 가는 거지? 마치 얼어붙은 암흑

82

속으로 들어가고 있는 것 같아. 마치… 안 돼! 생각하지 마! 바닐라 조각을 넣고, 그다음은? 바닐라 넣고 그다음? 그다음엔 쌀을 넣지. 물론 그전에 쌀을 익혀야지. 그래. 쌀을 우유에 넣고……. 그런데 앞으로 아무것도 보이지 않으면 그땐 어떡하지? 길을 잃으면? 만약 어둠이 나를 삼켜 버리면? 그다음 냄비 뚜껑을 덮고……. 소리 지르지 마, 한나. 절대로! 그러면 더 무서워져. 쌀과자나 잘 봐. 넘치지 않는지 말이야. 거의 다 됐다. 곧 먹을 수 있겠는걸. 벌써 좋은 냄새가 나지?'

설탕을 막 넣으려고 하는 순간 나는 뭔가 장애물에 걸려서 그만 넘어지고 말았어. 다시 몸을 일으켜서 걸으려고 하는데 발 앞에 나뭇가지들과 축축한 이끼밖에 느껴지지 않는 거야. 그럼 길은? 길은 어디로 갔지? 이젠 암흑만이 나를 둘러싸고 있었어. 공포에 휩싸여 나는 오른쪽으로 다시 왼쪽으로 달리기 시작했고, 그러다 넘어지고, 무릎이 벗겨지고. '진정해, 한나. 정신 나간 사람처럼 굴지 말라고. 그러다 다쳐. 그러다 가방도 잃어버린다!'

숨을 좀 돌리려고 커다란 나무에 등을 기대어 섰어. 길을 잃은 게 확실해. 좋아. 하지만 여기서 멀지 않을 거야. 찾으면 되지. 사방을 뒤지면 되지. 난 아마도 약 한 시간 동안 더듬거리며 주변을 뒤졌던 것 같아. 갔다가 다시 내가 있던 나무로 돌아오기를 반복하면서. 정말 미치는 줄 알았지. 이제는 그저 남쪽을 향해 걷는 수밖에 없었어. 난 주머니에서 이오림 할아버지가 준 나침반을 꺼내 눈앞으로 바짝 대고 들여다봤어. 작고 빨간 바늘이 정확하게 북쪽을 가리키고 있었지. '적어도 너만은 믿을 수 있겠지.' 그렇게 믿고 나침반을 케이스에 넣으려 하는데 불현듯 이상한 느낌이 드는 거야. 다시 나침반을 꺼내어 들고 움직이지 않게 손으로 꽉 쥔 채 찬찬히 들여다봤어. 난 기절할 뻔했어. 빨간 바늘은 천천히 돌기 시작하더니 아까와 완전히 반대 방향으로 가서 멈추는 거야! 거기서 잠시 멈춰 있다가 다시 돌기 시작하더니 이번에는 또 다른 방향을, 그러다 다시 또 다른 방향을, 그러고 나서 빠른 속도로 세 바퀴를 돌더니 그대로 멈췄다가 다시 돌고……. 난 흐느껴 울기 시작했어.

해가 뜨기를 기다린다는 희망도 없었어. 분명히 낮인데 모래 언덕을 통째로 집어삼키던, 너무나 강렬해서 눈을 제대로 뜰 수도 없게 만들던 그 사막의 햇빛은 너무나도 멀리 있었던 거야. 아니, 정말 있기는 했던가? 완전히 방향을 잃은 나침반을 주머니에 넣고 축축한 이끼 위에 쪼그리고 앉은 나는 빛을 다시 볼 수 있을까 하는 절망 속으로 떨어지고 있었어. 하지만 분명 햇빛은 저쪽에 있잖아. 저 위에. 이 거대한 나무들 위로 말이야. 태양, 열기, 삶… 그쪽으로 가면 되지! '기어오르렴, 한나. 빛을 향해 기어올라.' 나는 가방을 등에 들쳐 메고 처음 보이는 가지 위로 오르기 시작했어. 그리고 그다음 가지로. 그렇게 어렵지는 않았어. 뭐, 사다리 오르는 것보다 조금 더 힘들었다고 할까? 그러면서 조금씩 희망을 되찾아 가는데, 그때 만나게 된 거야. 그 곰 말이야. 난 귀가 밝은 편이거든, 그런데도 그 곰이 가까이 올 때까지 난 알아차리지 못했어.

극도로 공포감에 사로잡힌 나는 하마터면 그 가지에서 떨어질 뻔했어. 크기가 얼마나 됐을까? 적어도 한 십 미터는 올라갔다고 생각했거든. 그런데 그놈 얼굴이 거의 내 눈높이까지 올라와 있는 거야! 난 파랗게 질려서 돌처럼 굳어 버렸지. 숨도 못 쉬었어. 곰과 나 사이는 그놈 앞발을 뻗으면 닿을 수 있을 정도의 거리밖에 안 됐거든. 발만 뻗으면 나 하나 바로 땅으로 곤두박질치게 하는 건 일도 아니었지. 그놈의 입에서는 악취와 함께 거친 숨소리가 계속 뿜어져 나오고 있었어. 그런데 말이야, 조금 의아한 부분이 있었어. 곰이 꼼짝도 안 하고 있는 거야. 내가 바로 눈앞에 있는데 말이지. 곰이 눈꺼풀을 들어 올려 털 속에 감춰진 두 눈을 보여줄 때까지는 그 이유를 알 수가 없었어. 곰의 두 눈 속에는 눈동자가 보이지 않았어. 장님 곰이었던 거야. 그래서 내가 불과 몇 센티미터도 안 되는 거리에 있었는데도 보지 못한 거야!

'용기를 잃으면 안 돼, 한나. 잠시만 기다리면 돼. 아무 소리도 내지 말고. 곧 지나갈 거야. 떠날 거야.' 나는 기다렸어. 아주 오랫동안.

가끔 곰은 소리를 잘 들으려는 듯 그 엄청나게 큰 머리를 조금씩 숙이며 귀를 기울이기도 했지. 귀가 조금씩 움직였어. 이놈의 괴물이 아마도 나를 알아차린 것 같아. 내가 앞에 있는지 아는 것 같아. 내가 힘이 빠져 떨어지기만 기다리고 있는 게 틀림없어. '어림없다! 이 나쁜 놈, 감히 나를 해치려고? 바보 같은 놈! 내가 잡아 먹혀 죽게 되더라도 너한테는 아니다. 빨리 없어져!'

그때, 너무나 화가 난 나머지 소리가 밖으로 나와 버리고 말았어!

"빨리 없어져!"

오, 맙소사. 내가 지금 무슨 짓을 한 거야. 순식간에 곰은 앞발을 날렸어. 힘을 주어 세게 내려친 나머지 나무가 심하게 흔들릴 지경이었어. 내 몸만큼이나 굵은 나뭇가지들이 사방으로 날아갔어. 내가 앉아 있던 가지는 우지끈하고 부러졌지. 나는 얼른 몸을 움직여 다른 가지 쪽으로 뛰었어. 이제 난 곰의 얼굴 바로 위에 대롱대롱 매달려 있게 된 거야. 자기 뜻대로 안 되자 곰은 더욱 화가 났어. 상상할 수 있겠니? 그 정도로 위험한 상황을 말이야. 그때까지는 잘 버텼지만 이제는 팔에 힘도 빠지고 더 이상 견디기 힘들어졌어. 손이 점점 미끄러지기 시작했어. 난 생각했지. '이젠 모든 게 끝이구나.'

나는 곰을 돌아봤어. 털로 덮인 귀가 마치 거대한 조개처럼 열려 있었어.

"오, 이 녀석 무언가를 듣고 싶은 게로구나. 너 노래 좋아하지? 그렇다면 내가 너에게 노래 한 구절 들려줄게."

난 두 번 정도 몸을 앞뒤로 흔들다가 그놈이 딴짓 하기 전에 재빨리 손을 놓고 어두운 동굴 속으로 몸을 날렸어. 바로 그놈의 귓속으로 말이야! 나는 더 깊이 떨어지지 않기 위해 온 힘을 다해 그놈의 귀 옆에 살짝 나 있는 털을 꼭 잡았어. 그리고 소리를 꽥 질렀지. 내 생명이 걸린 소리를. 찢어지듯 날카로운 소리를. 목이 쉬도록. 곰은 고통스러운 듯 괴성을 지르며 미치광이처럼 고개를 흔들기 시작했어. 나는 있는 힘을 다해 꼭 움켜쥐고 절대로 떨어지지 않으려고 버텼어. 하지만 그놈 귀에 얼굴을 바짝 대로 붙어 있자니 참 힘들더라고. 왜? 냄새 때문에. 이 곰 아저씨, 아침에 수건 끝을 돌돌 말아서 귀를 닦지 않는 게 틀림없어!

조금 있더니 이번에는 땅바닥을 데굴데굴 구르는 거 같았어. 내 느낌엔 말이야. 왜냐하면 매달리기를 포기하고 손을 놓는 순간 바로 단단한 땅 위에 발을 딛고 설 수 있었거든. 그때부터 나는 달리고 또 달렸어. 북쪽이 어딘지, 남쪽이 어딘지는 중요한 문제가 아니지. "달려, 한나. 달리라고! 살고 싶으면 힘껏 달려!"

난 내 가방이 아직도 등에 붙어 있는지, 혹시 어디 다친 곳이 있는지, 곰이 내 한쪽 팔을 날려 버리지는 않았는지, 아무것도 느낄 수가 없었어. 키 작은 나뭇가지들이 스치는 것도, 가시덤불이 할퀴는 것도. 난 단지 내가 아직 살아 있다는 것과 삶에 대한 열정이 아주 강하다는 것만 깨달았을 뿐이었어. 기적이란 게 정말 있더라. 난 그 와중에도 올바른 방향으로 달리고 있었던 거야. 몇 시간 후 숲의 끝에 이르렀을 즈음의 내 모습은 정말 가관이었을 거야. 반은 미쳐 있는 데다가, 누더기를 걸치고, 살갗은 다 벗겨지고⋯⋯. 하지만 살아 있었어!

나는 벌판 쪽으로 나아갔어. 눈 부신 햇살, 황홀한 빛깔의 꽃들, 향기, 그 속에 나는 푹 잠겨버렸어.

"인생이 이렇게 아름다울 수가! 이렇게 달콤할 수가!"

난 기쁨에 취해 중얼거렸어. 내 앞으로 휘황찬란한 형형색색의 모자이크가 끝없이 펼쳐져 있었어. 수많은 정원들⋯⋯. 배 위의 돛처럼 넓게 펼쳐진 파란 꽃 아래 난 누웠어. 그리고 가슴 깊이 숨을 들이마셨어.

　"아, 이 상쾌한 느낌, 이 부드럽게 밀려오는 몽롱함, 여기가 어디일까? 아빠 무릎 위? 그런가요, 아빠? 이게 새인가, 꽃인가? 날개인가, 꽃잎인가? 자고 있는 걸까, 아니면 죽은 걸까? 눈이 감겨요, 아빠… 날 집에 데려다줘요."

# 제8장 한나곰

"이 잠옷은 내 것이 아닌데……."

내가 잠에서 깨어나자마자 제일 처음 든 생각이었어. 그런 옷을 입어 본 적이 없었거든. 정말 편안하고, 부드럽고, 향기도 그렇게 좋을 수가 없고 말이야. 눈을 뜨기도 전에 난 알았지. 그 잠옷만으로도 난 여기서 아무런 걱정할 일이 없을 거라는 걸. 어느 누구도 나에게 해코지를 하지 않을 거라는 걸. 내 머리 맡에는 약간 둥글둥글한 외모에 볼에는 갈색 주근깨가 가득한 부인이 앉아 놀란 얼굴로 나를 뚫어지게 쳐다보고 있었어.

"오! 이제 깨어나네요."

나도 놀라긴 마찬가지였지.

"네… 여기가 어디에요?"

그 부인은 손에 그림책을 하나 가지고 있었는데, 내가 잘 아는 책이었어. 내가 어릴 때 아버지가 많이 읽어 주던 책이었지. 옛날에 옛날에 한 나무꾼 부부가 살고 있었는데, 그 부부는 일곱 명의 자식이 있었고 모두 남자 아이였지.

"우리 집이에요. 그러니까… 향수 가게죠."

그 부인은 말이 참 빨랐어.

"우리가 초원에 쓰러져 있는 아가씨를 이곳으로 데려왔죠. 삼 일 전이었어요. 이 책을 읽어 주려던 참이었는데 이제 막 읽기 시작했어요. 어쩜! 내가 잠에서 깨운 사람은 아가씨가 처음이에요. 오십 년 이래로 말이죠. 난 나름대로 내 차례가 돌아오지 않아도 스스로 자원해서 이 일을 해 왔거든요. 아, 미안해요. 자꾸 눈물이 나와서. 더 늦기 전에 빨리 가서 알려야겠어요. 아, 이렇게 행복할 수가. 참! 이름이 뭐죠? 다른 사람보다 내가 제일 먼저 알고 싶어요."

"내 이름은 한나라고 해요."

"고마워요, 한나. 침대에서 푹 쉬고 있어요. 금방 돌아올게요. 에스테르곰 어른과 함께."

"에스테르곰?"

"네, 이 마을에서 최고 어른이에요. 난 페를리곰 부인이라고 해요."

그 말을 남기고 이내 계단 쪽으로 사라졌어.

방은 그렇게 화려하지 않았지만 그래도 깔끔하게 꾸미려

애쓴 흔적이 여기저기서 보였어. 머리맡 탁자는 레이스가 달린 예쁜 천으로 장식되어 있고, 창문에는 예쁜 꽃으로 수놓은 커튼이 걸려 있었지. 나는 침대에서 내려오다 내 팔과 다리에 감겨 있는 붕대를 발견했어. 사람들이 내 부상을 치료해 줬나 봐. 일어나서 옷장 위에 있는 내 옷을 봤더니 누군가 잘 빨아서, 헤진 곳을 깁고, 다리미질까지 해 놓았더라고. 그때 마침 페를리곰 부인이 문을 두드리며 들어왔어. 하얀 턱수염이 가득한 조그마한 노인과 함께 말이야. 난 얼른 다시 침대 속으로 미끄러져 들어갔지. 페를리곰 부인의 얼굴에는 웃음과 눈물이 뒤섞인 무척 감동을 받은 표정이 역력했어.

"정말이에요, 에스테르곰 어른. 난 단지 '옛날에 옛날에'라고 밖에 안 했다니까요. 그랬더니 이 아가씨가 눈을 떴다고요! 거의 내가 막 앉자마자요. 생각을 해 보세요. 오, 한나 아가씨, 당신은 나에게 인생 최고의 행복을 준 거예요. 이제 죽어도 한이 없어요."

"자, 자, 페를리곰 부인, 진정하세요."

에스테르곰 어른이 부인을 달래기 시작했어.

"부인이 지금까지 기다린 보람이 있었던 거죠. 이거 봐요. 포기하지 않고 해 온 보상을 받잖아요."

그리고는 나에게 말했지.

"미안해요, 아가씨. 아가씨에게는 이 모든 게 도무지 이해가 안 갈 거예요. 하지만 걱정 말아요. 오늘 저녁 아주 멋진 저녁 식사와 함께 내가 다 이야기해 주리다. 크레이프 좋아해요?"

그리고는 토멕, 침대 앞으로 사람들이 밀려드는데, 그 마을의 반 정도 되는 숫자가 그곳으로 온 거야. 얼마나 많던지! 동그란 얼굴에 통통한 볼, 친근한 웃음. 몇몇 아이들은 어찌나 작던지 눈이 겨우 내 침대 위로 살짝 올라올 정도였어. 난 얼굴에 웃음을 띠고 그들에게 내가 할 수 있는 만큼의 감사를 표현했지. 페를리곰 부인은 문에 기대어 서서 벌써 그의 두 번째 손수건을 눈물로 적시고 있었어. 많은 사람들이 부인을 안아 주었지.

"축하해요, 페를리곰 부인!"

"잘하셨어요, 페를리곰 부인! 당신은 정말 축하받을 만해요."

그날 저녁 나는 토멕 네가 그랬던 것처럼 말이야, 마을 식당에서 열 장도 넘는 크레이프를 입으로 넘겨야 했어. 하지만 난 그보다 더 엄한 벌이 있다는 걸 인정 안 할 수가 없어. 어떻게 크레이프를 그렇게 맛있게 만들 수가 있지? 너도 메이플 시럽을 곁들인 크레이프 먹어 봤니? 여섯 가지 치즈를 넣은 건?

어쨌든 그렇게 나는 삼 일을 잤던 거야. 에스테르곰 어른이 그러는데, 그건 아주 조금 잔 편이래. 그러면서 그 모르티메르 이야기도 해 주었는데, 그를 깨우기 위해서는 육 년이라는 세월이 걸렸대. 에스테르곰 어른은 아마도 그 이야기를 모든 사람들에게 다 하는 것 같았어.

"저보다 적게 잔 사람도 있었나요?"

나는 어른께 물었지.

"아, 그럼요! 몇 년 전인가 아가씨보다 조금 더 나이가 들었을까, 또 다른 아가씨가 왔었죠. 여자들이 그 아가씨를 깨끗이 씻기고, 잠옷으로 갈아입힌 후, '깊은 잠의 방'에 눕혔어요. 그러고 나서 그 부인들이 나를 불렀죠. 왜냐하면 우선 내가 제일 첫 구절을 읽는 것이 이 마을 전통이거든요. 그다음 다른 사람들이 내 뒤를 이었죠. 남자들, 여자들, 글을 읽을 줄 알면 아이들도 참여할 수 있죠. 각자 책을 읽으며 잠을 깨울 수 있는 단어를 자신이 찾는 행운이 떨어지기를 기대해요. 보통 나는 한 시간 정도 읽죠. 그날 내가 고른 책이 뭐였는지 지금도 똑똑히 생각나요. 『존재하지 않는 꽃』, 우리의 위대한 시인 에곰의 시죠. 나는 앉아서 시를 읽고 있었는데, 믿을 수 없는 일이 일어났어요. 그 젊은 아가씨가 눈을 뜬 거예요. 그렇게 빨리 성공한 적은 그때까지 한 번도 없었거든요. 그 자리에 있었던 몇몇 사람들의 말로는 책장을 비비는 소리만으로 깨어난 것 같다고 하더라고요. 또 다른 사람들은 내가 읽기 시작하기 전에 목을 가다듬는 헛기침만으로 깨어난 것 같다고 하고 말이죠. 어찌 되었건 앞으로 그 이상 빨리 깨어나게 하는 건 불가능하다고 생각해요. 적어도 아가씨 옆방에 잠들어 있는 젊은 총각이 그렇게 깨어나기는 틀렸죠."

나는 소스라치게 놀랐어.

"젊은 총각이요?"

"그렇다오. 며칠 전 그를 발견하고 이리로 데려왔지요. 마치 아가씨 뒤를 따라온 듯 아가씨를 발견하고 나서 바로 발견했다오. 자, 시드르 좀 마시려오? 그러다 체하겠소."

토멕, 그거 아니? 너는 잠잘 때 모습이 정말 예뻐. 그건 내가 제일 잘 알걸? 일주일 동안 꼬박 네 옆에서 자는 모습을 지켜본 게 나니까! 너를 보면서 마음속으로 네게 궁금했던 것들을 물었어. '그동안 어디에 있었니?' '무슨 꿈을 꾸고 있니?' '네 가게의 작은 서랍들 꿈을?' '네 방으로 향하는 길목의 꿈을?' '사탕을 사러 온 소녀의 꿈을?'

"만약 그렇다면, 만약 네가 꿈속에서 보고 있는 것이 나라면……."

난 낮은 목소리로 말을 했어.

"이제 눈을 떠 봐. 내가 여기 있잖아. 지금 너와 나 사이에는 네 눈썹 길이 만큼의 간격밖에 없어."

그런데 넌 눈썹 하나도 까딱 안 했어. 그래서 난 책을 읽기 시작했지. 처음에는 널 깨울 수 있는 말을 빨리 찾고 싶은 마음에 너무 빨리 읽었어. 그러다가 조금씩 속도를 늦췄어. 사실 글을 읽을 때는 자기 리듬대로 읽어야 하는 법인데. 곡을 연주할 때도 말이야, 그렇게 속도를 내면 안 되지 않아?

사람들이 자주 찾아와서 문을 두드려 보곤 했지. 한나 양, 누가 도서관에서 찾는데요? 한나 양, 향수 가게에서요. 한나 양, 마을 사무소에 가 보세요.

내가 늦게 도착하면 이렇게 이야기해 주지.

"걱정 말아요. 아가씨 말고도 또 다른 사람이 읽어 줄 테니. 잠들어 있는 사람을 혼자 놔두는 일은 절대 없어요."

그렇지 않으면 또 이렇게 이야기해 주지.

"좀 쉬면서 해요, 한나 양. 그러다 눈 나빠지겠어요. 그나저나 식당에 같이 가요. 식사 시간이에요."

그들의 도넛과 크레이프 덕분에 그동안 여행하면서 빠졌던 살이 며칠 만에 다시 다 쪘지 뭐야. 오히려 더 쪘을걸. 그리고 내가 깨어난 그날 열린 파티에서 내가 평생 마실 양보다도 더 많은 양의 시드르를 마셨던 것 같아. 마을 남자아이들은 늘 나에게 산책도 하자고 하고, 집으로 초대하기도 했지. 매일 적어도 두 명씩은 꼭 있었어. 내가 떠나던 날 아침에는 내 방문 밑에 편지가 한 장 놓여 있었는데, 아마 이런 내용이 적혀 있었던 것 같아.

"왜 떠나니? 넌 이 마을에 계속 있어야 하는데. 널 한나곰이라고 부를 테야. 그리고 너와 결혼할 테야. 어때?"

그러면서도 누군지 이름도 안 써 놓았지. 난 그 뒷장에 연필로 답장을 썼어.

"네 편지 고마워. 하지만 아쉽게도 난 다시 길을 떠나야 해. 결혼은 말이야, 내 생각에는 넌 영리한 아이니까 너를 사랑해 주는 다른 사람을 다시 만날 수 있을 거야."

"그리고 키는 그 여자의 어깨 이상은 돼야겠지."라고 나 혼자 덧붙였는데 편지에는 쓰지 않았어.

난 너에게 그 두꺼운 천일야화 책의 거의 전부를 다 읽어 주었어. 팔백 페이지도 넘는 양을 말이야. 어떤 때는 이야기의 줄거리를 놓치기도 했지. 또 어떤 때는 무슨 말인지도 모르고 그냥 읽어 내려가기도 했고. 또 때로는 반대로 내가 마치 직접 셰헤라자드가 된 듯, 샤리아르 왕 옆에 누워서 죽지 않기 위해 숫자를 계속 세기도 했지. 그의 침대 위에는 내 누이 디나르자드가 정성껏 지켜 주었어. 아마 그 모든 것은 너에게 읽어 줄 날이 끝나는 걸 조금이라도 미루기 위해 그랬을 거야. 나는 마지막 문장의 마지막 말들을 아주 천천히 읽어 내려갔어.

"살레 왕이 찾아와 그들을 바다 물결 너머 자신의 왕국으로 데려갈 때까지……."

내가 읽는 걸 끝내고 입을 닫았을 때, 그 고요함은 너무도 아름다웠어. 그리고 잠시 후 책을 덮고 방을 나왔지. 그날 밤 도서관에 와서 너에게 편지를 쓴 거야. 네가 깨어났을 때, 에스테르곰 어른이 너에게 건네준 그 편지.

다음 날, 그러니까 내가 떠나는 날, 사람들이 나에게 한 보따리의 선물을 안겨 줬어.

"오, 제발… 이 많은 걸 어떻게 다 가져가요!"

그들에게 말했지.

나는 가장 부피가 안 나가는 것들만 골라서 받았어. 페를리곰 부인이 준 책, 『엄지공주』. 그분과 함께 했던 내 '잠자는 시간'을 기억하기 위해서. 한 마리의 말이 끄는 수레가 나를 바다 쪽으로 인도해 주는 동안, 향수 마을 사람들이 나에게 작별을 고하려고 손수건을 흔들어 대는 동안, 나는 여전히 잠들어 있는 너를 생각했어. 처음 만난 날에 이어 또다시 뒤에 남기고 떠나야 하는 너를. 그리고 이렇게 생각했지. "언젠가 너를 다시 만난다면, 그때는 너를 절대 홀로 두지 않을 거야."

# 제9장 항구

향수 마을의 어린 힐곰이 끄는 수레가 해안도로를 따라 삐걱거리며 힘겹게 앞으로 나아갔어. 난 수레 뒤에 앉아서 옛날 내가 길을 떠나기 전 음유시인이 크자르강에 대해서 이야기해 줬던 것들을 생각해 봤지. 그의 말에 의하면 크자르강은 사막과 바다를 건너서 있다고 했거든. 사막은 이미 건넜고, 이제 바다가 남았지. 그 바다는 바로 지금 내 앞에 저 보이지 않는 곳까지 펼쳐져 있었던 거야. 가을 하늘 아래서 조용한 파도 소리와 함께.

바다… 이곳에 이르기 위해 지금까지 수많은 시간을 보내야 했던 거야. 하지만 여기서도 끝없는 걱정이 이어졌어.

'이제 여기를 또 어떻게 건너지? 내가 만약 무사히 이 바다를 건너게 된다 해도, 저 반대편에서는 또 어떤 위험이 나를 기다리고 있을까? 무사히 돌아오는 건 또 그다음 문제고……'

머릿속에 그런 생각들로 가득 차 있는데, 갑자기 청색 돌판 지붕의 항구가 보이기 시작했어.

"저기를 뭐라고 부르지?"

"오스케디 베칼리뎀!"

힐곰이 대답했어.

"오스… 뭐?"

"오스케디 베칼리뎀. 여기는 모든 마을 이름이 발음하기 힘들게 돼 있어요. 사람들 이름도 그렇고요. 가서 보세요."

우리는 벽돌집들 사이로 난 좁은 포장길을 따라 올라갔어. 세 아이가 자기들이 만든 수레를 끌며 놀고 있었어. 우리 수레가 꼭대기에 이르자, 나와 함께 왔던 향수 마을 아이는 내가 내릴 수 있도록 도와줬어.

"바다를 건너려고 하는 거죠? 그럼 이리로 오세요. 제가 보여 드릴 사람이 있어요. 볼 수 있는 게 천분의 일의 확률밖에 안 되지만, 그래도 혹시 알아요?"

그가 한 대문을 두드렸어. 여러 다른 대문들과 별로 다를 바 없는 대문이었지. 단지 문고리가 배의 닻 모양을 하고 있었던 게 차이점이라면 차이점이었지. 그러자 이 층 창문이 열리고는 활달해 보이는 한 커다란 얼굴이 창을 가득 채우고 나타났어. 그리고는 소리쳤지.

"어이! 우리 힐곰! 누구와 같이 왔네? 자, 둘이 같이 들어와."

그리고 잠시 후 우리는 그 집 거실에 앉게 됐지. 힐곰은 우리를 소개해 줬어.

"한나, 이쪽은 오갈리 바히봄바르 선장이셔. 이분은 상당히 겸손해서 아마 스스로는 그렇게 생각을 안 하시겠지만, 바다에 관해 이분보다 더 잘 아는 사람은 없어. 선장님, 이쪽은 한나예요. 우리가 지난주에 발견하고 깨워 준 아가씨죠."

엄청나게 키가 큰 그 아저씨는 다정하게 웃는 얼굴로 나에게 인사를 건네왔지.

"축하하네. 이 작은 아가씨가 깨어나지 못하고 계속 잠들어 있었다면 참 안타까운 일이었겠는걸."

"그러게요."

힐곰이 조용히 맞장구를 쳤지.

"그런데 바로 이 아가씨예요. 바다를 건너려고 하는 사람이. 그래서 저는 생각하기를……."

"생각하기를, 아마 내게 부탁하면 거절하지 않을 거라? 허허, 잘 맞췄네. 난 우리 향수 마을 친구들이 하는 부탁은 거절을 안 하지. 게다가 이 아가씨는 별로 무거워 보이지도 않구먼. 설마 배가 가라앉기야 하겠어?"

그리고는 나를 보며 이렇게 말했지.

"우린 모레 떠난다오. 괜찮겠소?"

내가 놀라서 가만히 있자 그가 걱정된 목소리로 말했어.

"아, 알겠네. 너무 이르다는 말이구먼. 하긴 짐을 쌀 시간이 부족하겠지."

"짐이요?"

나는 중얼거리며 발밑에 놓여 있는 가방을 쳐다봤어.

"아니, 뭐… 짐은 별로 없는 것 같아요."

힐곰이 대신 대답했어.

"그것보다 아직 지불할 운임이 준비가……."

"그래, 그래. 알겠네."

선장이 중얼거리면서 내 홀쭉한 가방과 담요를 계속 들여다봤어.

"무슨 방법이 있겠지. 그나저나 이 아가씨가 정확하게 어디로 가시나?"

그걸 내가 어떻게 알겠어? 그냥 단지 바다를 건너야 한다는 것만 알 뿐이었지. 내가 더듬더듬 자초지종을 설명하고 있는데, 부엌 쪽에서 헝클어진 머리의 한 부인이 나타났어.

"이 손님들도 같이 식사하나요?"

"그럼!"

오갈리 바히봄바르가 우리에게 묻지도 않고 대답했어.

그러더니 우리를 보며 말했어.

"내 부인 타스미라 두오피닐이라오. 양스튜 요리를 누구보다 잘하지. 자, 그건 그렇고, 힐곰, 뭐 새로운 소식들이나 있으면 좀 전해 주게!"

그들 둘은 맥주를 마시고 나는 우유 한 잔을 마셨어. 대화가 너무 재미있어서 옆에 앉은 나도 한 구절도 안 빠뜨리고 듣고 있었어. 오갈리 바히봄바르는 다섯 개의 돛이 달린 커다란 범선을 가지고 있었어. 그곳에서 가장 큰 것이었지. 그는 그 배를 타며 주로 엽차를 수송하고 있었어. 그는 바다를 건널 때 가장 먼 길로 돌아다녔지. 그래야 안전하니까. 폭풍이나 해적들로부터 말이지. 그렇게 해서 많은 여행객들이 안전하게 이동할 수 있었던 거야. 그 해에는 그 선장의 가족들도 여행할 예정이었나 봐.

힐곰은 내가 얻은 기회에 나보다도 더 흥분해 있었지.

"아, 어쩜, 한나. 모레면 말이에요. 아가씨는 이 세상에서 가장 멋진 배로 여행을 하게 되는 거예요. 상상이 가요?"

나는 한 반쯤이나 상상할 수 있었을까. 그럴 수밖에. 모든 게 순식간에 이루어지고 있는데 말이야.

"여행 기간이 얼마나 될까요?"

내가 묻자 선장이 대답했어.

"두 달이요, 아가씨. 그리고 돌아오려면 또 두 달. 하지만 중간에 몇 군데에서 정박할 거예요. 그러면서 사람들이 내리기도 하고 또 다른 사람들이 타기도 하고."

"세상을 두루두루 보고 싶어 하는 사람에게 이 여행은 아마도 아주 즐거울 거예요."

힐곰이 선장의 말을 거들었어.

"아, 나도 떠나고 싶어요, 정말로."

"그럼 떠나면 되지, 뭐가 문제인가?"

선장이 말했지.

"뱃멀미요. 생각만 해도 끔찍해요. 저는 배가 좌우로 흔들리는 상상만 해도 바로 속이 넘어오려고 하거든요."

조금 시간이 지나자 구미를 돋우는 양고기 냄새가 문 밑 틈새로 흘러들어와 코끝을 살살 간지럽게 했어. 정오 즈음이 되자 타스미라 두오피닐이 부엌에서 나오더니 길 쪽으로 향해 있는 창문으로 몸을 내밀며 누군가에게 말을 걸었어.

"주스토필 안투르티파스! 베리다 루시데몬! 콜리노 트라모노스티르! 식사하자! 그 수레 놔두고 빨리 올라오렴!"

"네, 곧 가요, 엄마!"

어린 목소리 셋이 대답했어.

104

몇 분 후, 길에서 놀던 세 아이가 우리가 이미 앉아 있는 식당으로 몰려들어 왔지. 남자아이 둘과 여자아이 하나였어.

우리가 양스튜를 맛있게 먹는 동안 아이들은 참 얌전하게 있었는데, 여자아이 베리다 루시데몬은 도무지 내게서 눈을 떼지를 않았어.

그러더니 결국 엄마에게 귓속말로 물었지.

"이 아줌마 이름이 뭐예요?"

"이분 이름은 한나란다."

엄마가 내 이름을 알려 주자 세 아이는 서로를 잠시 쳐다보더니 이내 깔깔거리며 웃음을 터뜨렸어.

"아니, 이 녀석들이……."

아이들 엄마가 야단을 쳤지.

"웃을 일이 뭐가 있어! 하긴, 그러고 보니 너희들 너무 어리게 세월을 보내는 것 같구나. 그래, 세상을 좀 더 넓게 배워야 할 때가 되었지."

아이들이 엄마 말을 들으려고 하는 듯 보이긴 했는데, 그러기에는 내 이름이 너무 우스웠나 봐. 가지고 있던 앞 수건으로 입을 막으며 웃음을 참느라 애를 쓰는 모습들이었어. 아마도 지금까지 들어 본 이름 중에서 내 이름이 제일 우스웠나 봐.

식사를 마친 후, 우리는 모두 항구로 나가 봤어. 그제서야

나는 내게 찾아온 행운이 무엇이었는지를 알 수 있었어. 항구
에 정박해 있는 한 범선을 보면서 어쩌면 저렇게 멋있는 배가
있을 수 있을까, 미처 나는 상상도 못 했지. 그 배는 말이야,
아주 커다란 장난감 같았는데, 잘 칠해진 나무 재질과 잠들어
있는 뱀처럼 둘둘 감겨 있는 동아줄, 하늘을 향해 거침없이 뻗
어 있는 다섯 개의 거대한 돛…….

"저건 아무것도 아니에요."

힐곰이 신이 나서 말을 이었어.

"내일 저 배 위에 올라가서 한번 보세요. 그러면 더 멋진
모습을 볼 수 있을 거예요."

배 위에서 본 세상은 온갖 즐거움으로 가득해 보였어. 사
람들이 저마다 갖가지 짐이며 궤짝을 들고는 이리저리 길을
오가고 있었지. 서로를 부르기도 하고, 웃기도 하고. 세 아이
가 아버지 소매를 잡아끌었어.

"아빠, 저기 올라가 봐도 돼요?"

"안 된다. 다른 승객들이 오를 때, 내일 올라가면 되잖아.
로스칼리 크로칼리버 부인도 함께 말이야."

"아, 그 공룡 아줌마는 싫어요!"

콜리노 트라모노스티르가 칭얼댔어.

"자, 그럼 나는 이만 가 봐야겠다. 짐을 싸고 떠날 준비를

해야 하니까. 자, 힐곰, 그럼 또 다음에 보세."

선장이 양해를 구하고는 자리를 떠났어.

그리고 잠시 후, 힐곰도 떠났지. 하루를 여관에서 자고 다음 날 자기 마을로 떠날 예정으로 말이야.

"안녕, 한나 아가씨. 좋은 여행길 되길……."

"그래, 안녕, 힐곰. 정말 고마웠어. 향수 마을 사람들에게 꼭 인사 전해 줘. 절대로 잊을 수 없을 거라는 말도."

그날 저녁 나는 베리다 루시데몬의 침대에서 잤어. 베리다 루시데몬은 기꺼이 자리를 내게 내어 주고는 자기는 옆에 있는 형제들 방에 가서 바닥에 이불을 깔고 잤지.


다음 날은 온종일 비가 내렸는데, 나는 아이들과 하루 종일 같이 보냈지. 말타기 놀이부터 카드놀이까지, 우리는 아는 놀이란 놀이는 다 했어. 그러고 나서는 새로운 놀이를 생각해 냈고. 물론 내가 옛이야기도 해줬지. 서로 내 무릎에 앉아 이야기를 듣겠다고 다투다가 이야기가 시작되면 이내 얌전해져서 내 이야기에 귀 기울였어. 저마다 자기 방식대로 말이야. 제일 큰 아이 주스토필 안투르티파스는 이야기가 잘못되어 갈 때마다 눈을 비비곤 했어. 베리다 루시데몬은 내 몸에 바짝 붙이고는 내 손을 만지작거렸고. 콜리노 트라모노스티르는 삼 분 동안이나 손을 들고 뭔가 질문이 있는 듯하더니 내가 '그래, 뭐가 궁금한데?'라고 묻자, 그만 질문할 것을 잊어버렸어.

저녁이 되었는데 아이들은 곧 여행을 떠난다는 생각에 들떠 잠을 이루지 못했어. 집 안이 조용해졌을 때는 이미 늦은 시간이 되어 버렸지. 그제야 나는 타스미라 두오피닐에게 전날부터 줄곧 내 머릿속에서 걱정이 되던 것을 물어볼 수 있었지.

"배 위에서 아이들이 위험하지 않나요? 혹시라도 몸을 선체 밖으로 기울이고……."

그녀는 머리를 가로저으며 말했어.

"그런 일은 없을 거예요. 난간을 쭉 둘러 작은 그물이 쳐 있으니까요. 만약 아이들이 몸을 기울이면 그 안으로 떨어지게 돼 있어요. 내일 한번 봐요. 배 위에, 이 마을에 있는 만큼 많은 여자들과 아이들이 있을 테니. 바다는 남자들만의 것은 아니죠. 안 그래요? 그건 그렇고, 한나 양, 조금 전 남편과 이야기를 했는데요. 아가씨 이야긴데……."

"제 이야기요?"

"그래요. 오늘 아이들과 함께 있는 걸 쭉 지켜봤는데, 아이들이 아가씨를 참 좋아하는 것 같아요. 저… 아이들 가정교사인 로스칼리 크로칼리버 부인이 예정했던 대로 떠날 수가 없게 되었어요. 발목을 삐었지 뭐예요. 뭐, 사실 그리 놀랄 일도 아니지요. 그 높은 뾰족구두를 보면 말이에요. 그래서 우리가 생각해 봤는데요. 아가씨가 여행하는 동안 그녀를 대신해서 아이들의 가정교사가 되어 주면 어떨까요?"

"제가요? 네, 물론 해 드릴 수 있죠. 하지만 잘할 수 있을지……."

"내 생각엔 틀림없이 잘할 거예요. 아이들도 더 좋아할걸요. 아이들이 그 부인을 '공룡'이라고 부르는 거 보면 말 다 한 거죠? 가르칠 것은 별거 없어요. 이제 겨우 다섯, 여섯, 일곱 살이거든요. 그러니까 산수 조금, 그리고 받아쓰기, 그거면 충분해요. 나는 아이들에게 너무 많은 것을 시키고 싶진 않거든요."

그날 저녁 나는 베리다 루시데몬의 너무나도 작은 침대 속에서 온갖 영상들이 뒤엉킨 꿈을 꾸었지. 철자법이 잘 생각나지 않는 어려운 단어들, 푸른 하늘을 향해 솟아 있는 흰빛의 돛, 마냥 웃음을 지어대는 아이들, 그러다 갑자기 아이들이 그물 속으로 떨어지고 그것을 본 나는 그들을 꺼내 주려고 마치 마을 장터에 있는 오리 잡기 놀이처럼 긴 막대기를 아이들을 향해……

# 제10장 바다에서

힐곰이 옳았어, 토멕. 돛이 없는 범선을 보면서 아름답다고 할
수는 없는 거지. 마치 파고 없는 밀물, 날개를 접은 공작이나
다를 바 없어. 선원들이 그 범선의 돛을 하나씩 끌어올릴 때
마다 바닷바람을 맞이하며 함께 어우러져 펄럭이는 소리는
장엄한 출정식을 그려내기에 충분했어. 그것을 보고, 듣고 있
노라면 끝없는 행복과 무한한 힘이 솟아나는게 느껴져. 부두
에는 수백여 명의 사람들이 손을 흔들고 있었어. 우리가 부러
웠음이 틀림없어. 육지가 점점 멀어지는 모습을 보니 눈물과
웃음이 동시에 나더라.

"너무나 아름다워! 이 자유!"

난 중얼거렸지. 하지만 그러면서도 머릿속을 채우던 생각
은 따로 있었어.

'이 모든 것이 과연 어디서 끝이 날까? 아니, 당장 지금 어

디로 가는지조차도 모르잖아.'

처음 며칠은 그다지 즐겁지가 않았어. 날씨는 음산했고 게다가 난 멀미까지 했으니까 말이야. 난 아무것도 먹지도, 마시지도 못하고 방에 누워 있기만 했어. 어느 오후, 베리다 루시데몬이 나를 찾아왔어.

"좀 괜찮아?"

"아니, 별로… 계속 토하고 싶기만 한걸."

"우리 공부는 언제 시작해?"

"곧 할 거야, 베리다. 조금만 쉬고."

그렇게 말하고 나서도 안 가고 계속 서 있기에 내가 물었지.

"나한테 할 말이 더 있니?"

"응, 방금 나를 뭐라고 불렀어? 그런 실례가 어디 있어?"

그 아이는 화가 나서 잔뜩 찌푸린 채, 자기 발만 보고 서 있었어. 난 의도하지 않게 그 아이에게 충격을 줬던 거야.

"미안해, 난……."

"내 이름을 끝까지 다 불러야지."

"그래, 알았어. 이제부터는 네 이름을 끝까지 다 부를게. 베리다 루시데몬. 네 오빠랑 동생 이름도. 그 대신 너희도 내 이름 들을 때 웃으면 안 돼. 알았지?"

그 아이는 고개를 들고 살짝 미소를 짓기 시작했어.

"알았어. 오빠하고 동생한테도 그렇게 말할게."

다음 날 새벽, 나는 배가 고파 잠에서 깼어. 갑판 위는 쥐 죽은 듯 고요했고, 동쪽에서는 갓 떠오른 태양이 하늘을 여린 빛으로 물들이고 있었어. 나는 크게 숨을 들이쉬었지. 대양의 짠맛이 섞인 공기가 강렬하게 코끝에 느껴지면서 가슴 속까지 휘젓고 나가더니 어느덧 멀미가 싹 다 나아 버렸어.

이날 이후부터는 하루하루를 똑같은 리듬으로 보냈어. 아침 여덟 시부터 아이들과 함께 도서관에서 공부를 했지. 이미 글을 쓸 줄 아는 주스토필 안투르티파스에게는 곱셈과 받아쓰기를, 그의 여동생에게는 덧셈과 베껴 쓰기를, 그리고 막내 콜리노 트라모노스티르에게는 그림과 글씨 연습을 시켰어. 그 아이는 여전히 틈만 나면 공룡 선생님으로부터 벗어났다는 이야기만 했지.

"어휴, 로스칼리 크로칼리버 선생님이 없으니 이렇게 좋은걸!"

며칠이 지나면서 우리 공부방에는 세 아이가 더 왔어. 그러더니 일주일 후에는 다섯이 더 오고, 결국 난 앞에 열다섯 명의 아이를 놓고 공부를 가르치게 됐지. 그중 세 명은 웃음을 참으면서 나를 한나라고 불렀고, 나머지 열두 명은 선생님이라고 불렀어. 그들을 가르치면서 난 정말 즐거웠어. 배 위에서 아이들을 가르치는 일이 없었다면 아마 참 긴 여행이 되었을 거야. 정말이야. 이야기하기 좀 창피하지만 배 안에 있는 게 정말 지루했어. 차라리 사막이 더 나았어. 배가 정박지에 닿을 때마다 가장 먼저 육지로 내린 것은 항상 나였어. 그리고 가장 마지막으로 배에 오른 것도 항상 나였고. 우린 정말 신기한 나라들을 방문했지.

자, 토멕, 상상해 봐. 모든 사람들의 키가 삼 미터 오십 센티가 넘는 나라. 그곳에는 여자들의 키도 남자들과 거의 같았어. 우리와 이야기하려면 허리를 깊이 숙여야 할 정도였지. 마치 우리가 어린아이들과 이야기하려면 허리를 숙이듯이. 그들이 쓰는 숟가락은 마치 삽과 같았어. 그들의 찻잔은 냄비 같았고. 그들의 자명종 시계는 부엌에서 쓰는 벽시계 같았지. 그리고 우리가 그들의 의자에 앉으려면 조그만 사다리를 놓고 올라가야 했어. 네가 오갈리 바히봄바르 선장님을 봤다면 상상하기 쉬울 텐데. 늘 큰 키로 우쭐대기 일쑤였거든. 그런데 그 사람들 사이에 섞여 있으니까 마치 그 아저씨의 키가 줄어든 것처럼 보였어. 그 모습을 볼 때마다 웃음을 참을 수가 없었지.

또 상상해 봐. 어떤 나라의 주민들은 엄청나게 큰 나무들 위에 살면서 태어나서 죽을 때까지 한 번도 땅에 내려오는 법이 없어. 그 나무들이 얼마나 크냐 하면, 한 그루의 둘레를 돌려면 나흘은 족히 걸리지. 그곳 사람들은 다른 나라의 사람들처럼 오른쪽, 왼쪽으로만 이동하는 게 아니라 위아래로도 이동을 하며 살아. 그들은 그 위에서 나무로 된 집을 짓고, 나뭇가지를 길 삼아 여행을 하며, 공원을 만들고, 동물을 키우고, 학교와 묘지를 건설하지.

"우리는 공중에 사는 작은 민족이죠." 그들은 이렇게 자신들을 소개해. 땅에 사는 우리가 어떻게 사는지는 거의 몰라.

하나 더 이야기하면 피부가 너무 검다 못해 푸른빛을 띠는 사람들이 사는 나라도 있어. 그들은 속이 파인 갈대 줄기로 아주 슬픈 멜로디를 연주하곤 하지. 그러다가 연주가 끝나면 신나게 웃어. 또 고양이 인간 나라도 봤고, 고무 어린이 나라도 봤고, 그 외에도 많아.

다시 배에 오르면 난 내 어린 제자들에게 본 것들을 쓰거나 그려보라고 해. 그렇지 않으면 모두 함께 다음에 볼 나라는 어떤 나라가 될지 상상을 해. 그러면서 우리는 마음껏 환상의 날개를 펼쳐 보곤 했어. 하지만 실제로 마주한 나라의 모습은 우리가 상상했던 것 이상이었어. 그렇게 시간이 흘러 우리가 배를 탄 지도 두 달이 지났어. 그러던 어느 날 아침, 주스토필 안투르티파스가 내 방문을 두드렸어.

"한나, 아빠가 갑판에서 기다리셔. 뭔가 보여주고 싶대."

나는 재빨리 나가 봤지. 오갈리 바히봄바르 선장은 갑판 앞쪽에서 난간에 기댄 채 웃으며 서 있었어. 손에는 망원경을 든 채. 내가 다가가며 물었어.

"저를 보자고 하셨어요, 선장님?"

"오, 한나 양, 어서 와요. 우선 내가 하고 싶은 말은 다름이 아니라 아이들에게 공부를 가르치는 것에 대해서요. 고맙다는 말과 함께 경의를 표하고 싶어요. 아이들이 그렇게 공부를 재미있어 한 적이 없었다오. 집으로 돌아간 후에 로스칼리 크로칼리버 부인과 다시 만날 일이 걱정될 정도라니까."

"아이, 무슨 말씀을! 아이들이 저를 잘 따라 줘서 오히려 고마운걸요."

우리는 이런 식으로 얼마 동안 더 이야기를 나눴지. 그러다 선장이 손가락으로 남쪽을 가리키더니 내게 망원경을 건넸어.

"저기, 저쪽을 한번 봐요."

난 망원경을 받아서 들여다봤어. 처음엔 바다만 보였지. 하지만 다시 자세히 보니 하늘과 바다 사이 수평선 쪽으로 푸른빛의 한 선이 보였어.

"육지가 보이는 것 같은데요."

"맞아요. 그래서 올라오라고 한 거예요. '바다를 건너고 싶다'고 했죠? 자, 이제 다 건넜어요! 이 배도 더 이상은 가지 않죠."

"더 이상 가지 않는다고요? 그럼 어떻게 배가 저 육지에 닿죠?"

"육지에요? 무슨! 이 배는 저기에 정박하지 않아요."

난 너무 놀란 나머지 정신이 나갈 뻔했어.

"정박을 안 해요? 그럼 전 어떻게 해요?"

"어떻게 하다니요, 한나 양? 뭘요?"

"어떻게 배에서 내리느냐고요! 이 배에서 내려야죠!"

선장은 놀라는 표정이었어.

"난 아가씨가 내리는지 몰랐어요. 우리와 함께 돌아가는 게 어때요?"

"아니요! 전 여기서 내려야 해요. 내려 주세요!"

오갈리 바히봄바르 선장은 한참 동안 침묵을 지키더니 나에게 조용히 말했어.

"아가씨, 난 이곳에는 한 번도 배를 정박해 본 적이 없어요. 저기 저 나무 뒤쪽으로 무엇이 있는지도 몰라요. 이 배의 선장으로서 아가씨 혼자 이 배에서 내려 저쪽으로 가게 놔둘 수가 없어요. 잠시 후, 예정대로 난 이 배의 머리를 돌려 오던 길로 다시 돌아가도록 명령할 겁니다. 북쪽으로요. 미안합니다."

머리 위로 번개가 내려치는 것 같았어. 이런 경우는 정말 상상도 못 했지. 나를 기다리고 있을 병든 어린 멧새가 떠올랐어. 일분일초가 급한데. 어쩌면 이미 늦어 버렸는지도 모르지. 이 바다를 건너기 위해 두 달을 보냈는데, 이제 바다 저쪽을 눈앞에 두고 있는데, 나를 내려 줄 수 없다고? 그렇게는 안되지!

선장을 설득하려면 고집을 피울 수밖에 없었어. 내가 할 수 있는 만큼 다 해 봤어. 미친 듯이 화도 내고, 눈물 뚝뚝 흘리며 울기도 하고, 무릎 꿇고 싹싹 빌기도 했어. 하지만 아무 소용이 없었어. 아무런…… 그래서 나는 궁여지책으로 말이야, 깊이 생각해 볼 여지도 없이 선장 앞에 버티고 섰어. 그리고 분노에 찬 얼굴로 그를 똑바로 쳐다보며 차가운 목소리로 또박또박 말했어.

"그렇다면 난 바다로 뛰어내릴 거예요. 내가 죽으면 그건 당신 책임이에요, 오갈리 바히봄바르 선장님."

지금 생각해 보면 정말로 그렇게 할 수 있었을지 의심스럽지만, 그때는 확고했어. 그렇게 할 수 있을 거라고 정말로 믿었지. 그랬더니 그의 눈에 불안한 기색이 역력했어. '이 소녀가 제정신이 아니구나.' 그렇게 생각했던 것이 분명해. 그리고는 그가 중얼거렸지.

"어디 한번 해 봅시다."

난 그 이상의 대답은 필요 없다 싶었지. 그래서 나는 그 길로 가방을 챙기기 위해 내 방으로 뛰어갔어.

마지막으로 아이들을 모두 한 명씩 안아 주었지.

"잘 가, 한나……."

"안녕, 선생님……."

그들의 인사에 나는 목이 메어 대답을 할 수가 없었어. 모두가 나에게 작별 선물을 하고 싶어 했어. 콜리노 트라모노스티르는 가지고 있던 그림들 중에서 내가 볼 때는 제일 못 그린 그림을 나에게 주었지.

"방에다 꼭 붙여 놔야 해."

'그러고 싶어, 콜리노. 하지만 지금 내가 가는 곳은 방도 없고, 그림을 붙일 벽도 없는 곳이란다! 그저 내 어깨 위 담요 하나, 걸어갈 두 다리, 그리고 용기, 이것들뿐이야. 네 그림은 내 가방 속에서 틀림없이 구겨질 거야. 그리고 얼마 못 가서 잃어버릴지도 몰라. 하지만 네 다정한 미소와 책 읽는 동안 내내 잡고 있던 너의 그 손가락은 절대로 잊지 않을 거야.'

작은 배 한 척이 바다 위로 내려졌어. 그리고 나는 그 위로 올라가 앉았지. 한 선원이 배를 같이 타고 육지를 향해 노를 저어 갔어. 가까이 다가가니 그곳은 작은 해변이었고, 그 뒤로는 가을색을 띤 나무들로 가득한 조그마한 언덕이 있었어. 배의 바닥으로 모래가 닿는 소리가 났고, 나는 물 위로 뛰어내렸어. 무릎까지 차는 물을 천천히 가르며 육지로 올라갔지. 물은 다행히 미지근했어. 선원은 내게 행운을 빈다는 말을 남기고는 다시 노를 저어 갔지. 나는 잠시 멀어지는 그 배를 바라보고 서 있었어. 멀리 보이는 범선의 갑판 위에서 사람들이 나에게 손을 흔들며 작별인사를 하고 있었어. 하지만 누가 누군지 알 수 없고 어렴풋이 실루엣만 보일 뿐이었어. 그러더니 잠시 후 그 범선은 뱃머리를 돌려 되돌아갔지. 난 그 배를 볼 수 있는 한 오랫동안 보고 서 있었어. 수평선 끝으로 마지막 흰 돛이 점으로 남을 때까지.

## 제11장 알리제

사람들이 때로는 아무것도 아닌 걸 가지고 슬퍼할 때가 있어. 그런데 그곳에서는 정반대였어. 아는 것이라고는 아무것도 없고, 확실한 것은 아무것도 없는 그 해변에 혼자 남게 되었다면 걱정이 되고 슬퍼지는 게 정상이잖아? 하지만 배를 보내고 돌아서면서 앞에 보이는 붉은색, 노란색, 황갈색, 적녹색… 갖가지 색으로 물든 너도밤나무 숲을 보면서 어찌나 행복하던지 숨이 막힐 지경이었어. 저 앞에 보이는 숲 안에 내 머리를 묻고 싶을 정도였어.

'이렇게 아름다운 자연이 날 위험에 빠뜨릴 리 없어. 그리고 이제 정말 크자르강이 그리 멀지 않은 곳에 있을 거야. 그 강이 어디 있는지를 아는 누군가를 만나기만 하면 돼.'

난 희망에 부풀어 나무들이 있는 쪽으로 걸어갔어. 태양이 나뭇가지들 사이에서 장난을 치듯 숨었다 나타났다를 반복했지. 낙엽을 밟는 내 발소리에 놀란 붉은 다람쥐들이 폴짝폴짝 이리저리 달아났어. 언덕을 기어오르니 위쪽에 있는 작은 오솔길이 하나 보였어. 그 길은 숲 깊숙한 안쪽 어디론가 연결이 되어 있었어. 그 길을 따라 들어가고 얼마 안 있어 나는 갈림길 앞에 서게 되었어. 두 갈래의 길은 거의 비슷해 보였어. 어느 쪽으로 가야 할까? 나는 특별한 이유 없이 오른쪽보다는 왼쪽 길을 선택했지. 지금도 나는 그 선택이 잘된 것이었는지 잘못된 것이었는지 모르겠어. 어쨌든 토멕, 조금 있으면 알게 될 거야. 그 선택이 나에겐 얼마나 굉장한 모험을 가져다주었는지 말이야.

한 시간 넘게 걸었지만 난 사람들이 사는 어떠한 흔적도 찾을 수가 없었어. 그러다 나뭇가지로 만든 몇몇 오두막 같은 것을 보았는데, 아이들이 지어 놓은 것인 듯했어. 여기서 멀지 않은 곳에 사람이 살고 있는 것이 분명했어. 난 좀 쉬었다 갈 작정으로 그 오두막 중 한 군데로 들어갔지. 그런데 너무나 편안하고 주변도 너무 조용해서 나도 모르게 그만 잠이 들고 말았어. 얼마나 잤을까? 내 잠을 깨운 건 눈앞에서 아른거리는 작은 손가락들이었어.

"호다, 그만해. 언니가 싫어하는 거 알지?"

난 중얼거렸어.

내 동생이 그렇게 하는 버릇이 있었거든. 아침에 나를 깨우기 위해 때로는 눈썹을 잡아당기기도 했어. 하지만 내게 들리는 목소리는 동생의 목소리가 아니었어.

"어느 쪽? 왼쪽, 오른쪽?"

네 살쯤 되어 보이는 어린아이가 내 옆에 웅크리고 앉아서 두 주먹을 꼭 쥐고 있는 게 보였어.

"어느 쪽 택할 거야? 오른쪽, 왼쪽?"

나도 알아, 토멕, 아이들에게 못생겼다느니 하는 말을 하면 안 된다는 거. 못된 생각이지. 그러니까 이 아이는 음… 잘생긴 축에는 못 들겠다고나 할까? 머리는 너무 크고, 코는 뾰족하고 너무 작아서 빨갛고 통통한 두 볼 사이에 감춰져 잘 보이지도 않았어.

난 왼쪽 주먹을 가리키며 말했지.

"이쪽."

그러자 그가 손을 펼쳐 보였어.

"틀렸어, 이쪽이야."

그러면서 그가 오른쪽 손에 감추고 있던 돌멩이를 보여 줬어.

"또 할까? 오른쪽, 왼쪽?"

이번에는 오른쪽 주먹을 가리켰어.

"또 틀렸어. 이번에는 왼쪽이야. 오늘 참 운이 없구나, 이렇게 못 맞추게."

난 웃었지. 그리고는 하품이 나오는 입으로 그에게 물었어.

"넌 이름이 뭐야? 이 근처에 사니?"

"내 이름은 바르나베라고 해."

아이는 손가락 사이로 돌멩이를 굴리면서 대답했어.

"난 성 밑에서 살아. 너는? 네가 알리제 공주니?"

"아니."

난 웃지 않으려고 노력했어.

"난… 공주 이름이 뭐라고?"

"알리제."

"난 알리제 공주가 아니야. 내 이름은 한나라고 해."

그가 눈을 들어 나를 쳐다봤어. 잠깐 보더니 이내 확신에 찬 목소리로 말했어.

"넌 알리제 공주가 분명해. 사람들한테 내가 널 찾았다고 말해야지."

그리고는 일어서서 종종걸음으로 사라졌어. 바지가 너무 커서 발목에 닿는 모습이 너무나 우스웠지. 참 우스운 녀석이었어. 난 조금 더 그 안에 있다가 밖으로 나왔어. 그 아이가 이 근처에서 그리 멀리 살지는 않을 테니 아마도 조금 가다 보면 마을 사람들을 만나겠지 생각했어. 난 이미 사람들을 만나면 물을 질문까지 준비가 돼 있었어. '크자르강을 아세요?' 그러면 이렇게 대답하겠지. '그럼요. 이쪽으로 가다가 그다음 저쪽으로, 그리고 쭉 가면 돼요.' 그날은 정말이지 모든 게 쉽게 풀리는 것 같았어. 난 잠시 요기를 하고는 혼자서 외쳤지.

"강을 향해, 앞으로!"

나는 마지못해 너도밤나무 숲을 나와서 들길을 걷기 시작했어. 그 숲길은 참 편안하고 조용해서 좋았어. 들길을 가로지르고 시냇물을 따라서 한참을 걸었지. 작은 산비탈에 걸쳐 있는 마을을 발견했을 때는 이미 날이 어두워지려고 할 때였어. 아마도 바르나베가 사는 동네겠지. 아까 말할 때 성 밑에 산다고 했으니까 말이야. 저 멀리 성이 보였어. 마지막 남은 태양 빛이 부드럽게 성을 에워싸고 있었어. 마치 한 폭의 그림과도 같았지. '오늘 밤은 여기서 묵어야겠다.' 난 생각했어. 만약 그때 내가 앞으로 생길 일을 미리 알았더라면……

굽이치는 길을 돌아설 무렵 내 앞으로 세 명의 아이가 나타났어. 하지만 나를 발견하자마자 바로 도망치기 시작했어. 그 아이들의 모습 역시 우습게 생겼었어. 조금 더 멀리에 있던 두 아이도 역시 날 보고 도망치고 있었지. 보통 말이야, 미지의 어떤 곳에 도착했을 때, 아이들은 창피해하지 않잖아? 오히려 옆에 와서 끝없이 질문을 쏟아 내지 않나? 어쨌든, 뭐 그게 그다지 중요한 건 아니고, 난 어른들이 나타나기를 기다렸어. 그때, 두 명의 작은 할머니가 아주 찬찬히 걸어서 나를 보러 왔어. 틀림없이 자매였을 거야. 위로 향해 있는 코가 닮았거든.

"안녕하세요, 할머니."

나는 할머니들이 놀라지 않게 하려고 멀리서부터 말을 걸었지. 그랬더니 할머니들은 대답하기는커녕 뒤로 돌아 바삐 떠나 버렸어. 결국 내가 무섭게 한 게 돼 버렸지. 하지만 그게 다가 아니었어.

바르나베가 모두에게 내가 마을에 들어온 것을 알렸던 게 틀림없어. 마을 사람들이 참으로 이상한 모습들로 나를 맞이했으니까. 저마다 창문을 통해 머리를 내밀고 있었는데, 그 모습이… 맙소사! 난 태어나서 카니발 축제가 열릴 때 말고는 그런 얼굴들을 본 적이 없어. 귀는 볼록 솟아 있거나 그렇지 않으면 배추꽃처럼 생겼고. 코는 매부리코이거나 들창코, 아니면 납작코. 턱은 또 어떻고 비뚤어진 턱, 주걱턱. 입은 너무 크거나 너무 작고, 머리는 덥수룩하거나 아예 머리털이 없고……. 그런 모습들을 보면서 참 무서울 수도 있었는데, 모두 나를 보면서 웃는 얼굴을 하니 오히려 웃음이 나왔어. 조금 지나자 사람들이 하나둘씩 그들의 집에서 나오더니 잠시 후 난 말 그대로 군중 집회의 한가운데 서 있는 꼴이 되어버렸어. 그러다가 몇 명이 기쁨의 함성을 지르기 시작했지.

"저 아가씨가 확실해요. 봐요, 그 아가씨가 맞아요."

"그녀가 다시 돌아온 거예요."

"알리제 공주!"

어린 바르나베는 자기 아빠 어깨 위에 앉아서 열심히 소리를 지르고 있었는데, 이를 어째! 당연한 건지 불행한 건지 모르겠지만 아빠랑 하나하나 너무나 똑같이 생긴 거야.

"알리제 공주님! 저예요. 제가 공주님을 발견했잖아요!"

이렇게 사람들이 나를 누군가 다른 사람으로 잘못 알고 있는 거야. 바르나베만 그런 게 아니고!

"저는 알리제 공주가 아니에요. 제 이름은 한나예요."

나는 머뭇거리며 말했어.

하지만 사람들은 내 말을 들으려 하지도 않았어. 게다가 난 어느 누구에게도 가까이 갈 수가 없었어. 모두가 거리를 두고 서서 내 앞길을 비켜 주고 있었으니까. 그러다 갑자기 누군가의 함성이 군중의 웅성거림을 압도해 버렸어.

"왕과 왕비가 오십니다! 모두 길을 비켜요!"

검은 말 두 마리가 끄는 마차 한 대가 먼지구름을 일으키며 성 쪽에서 질주해 오더니 마을 광장에 멈춰 섰어. 마부가 마차 문을 열 시간도 주지 않고 안에 타고 있던 두 사람이 서둘러 내렸지. 왕은 아마도 정식으로 복장을 갖출 시간도 없이 서둘러 나왔던 것 같아. 실내복을 입고 있었는데, 옷자락이 허리띠에 걸려 있었고, 슬리퍼를 신고 있는 모습은 영 국왕의 모습과는 거리가 멀었지. 왕은 두 팔을 쭉 벌리며 나에게 달려왔어.

"딸아, 오 나의 딸!"

그러고는 갑자기 내 몸을 번쩍 들어 올렸어. 마치 어린 고양이처럼 말이야. 그는 나를 두 팔로 꼭 껴안으며 그의 몸 안으로 조이기 시작했어. 그의 수염은 얼굴 전체를 다 덮어서 그 사이로 보이는 코가 유난히 커 보였는데 그에게 안긴 내 얼굴은 수염 속으로 파묻혀 버리는 듯했어.

"내 딸, 나의 공주야."

그는 슬픈 목소리로 계속 반복했어.

참 우스운 일이지만, 그의 사랑이 가득 담긴 목소리와 따뜻한 포옹은 나를 완전히 감동시켜 버렸어. 얼마나 오랫동안 이런 감정을 느껴 보지 못했는지! 그리고 얼마나 오랫동안 이런 말을 들어 보지 못했는지. 나는 그의 가슴에 내 몸을 바짝 붙이고 뜨거운 눈물을 흘리기 시작했어. 불과 일 분 전까지만 해도 전혀 모르던 사람에게 안겨서 말이야. 그가 나를 땅에 내려놓자 이번에는 '엄마'의 차례가 기다리고 있었지. 하지만 이번에는 높이를 맞추기 위해 허리를 조금 숙여야 했어. 여왕은 키가 아주 작고 통통한 사람이었거든. 마치 공같이 말이야. 그녀 또한 울음을 그치지 못했어.

"알리제, 우리 공주야, 이렇게 자라도록 못 보다니. 정말 예뻐졌구나⋯⋯."

어떻게 하겠어? 어떻게, 갑자기 밀려드는 이 따뜻한 감정들을 차갑게 물리칠 수 있겠느냐고⋯⋯. 난 그저 그녀가 안고 쓰다듬는 대로 가만히 있었지. '일단 기다려 보자. 이 소용돌이가 잠잠해질 때까지.'

그들은 나를 마차 안으로 인도했어. 그리고 난 나의 '부모' 사이에 앉았어. 마차가 만세를 부르며 환호하는 군중을 가르며 앞으로 나아갔어.

그 성은 흔히 생각하듯 차가운 모습의 커다란 돌기둥들과는 많이 달랐어. 오히려 반대로 말이야, 각 방의 벽난로에서는 따뜻한 연기가 피어오르고 사람들은 즐거운 표정으로 복도와 회랑을 오갔지. 내가 지나는 곳마다 문이 열리며 인사를 하는 얼굴들이 보이고, 난 그럴 때마다 깜짝 놀라곤 했지. 마치 나를 놀라게 하려고, 그렇지 않으면 나를 웃기려고 하는 것처럼 보였거든. 그중 어느 누구도 코가 똑바로 선 사람은 볼 수가 없었어. 제자리에 잘 붙어 있는 입도 볼 수가 없었고, 인자해 보이는 얼굴은 찾아볼 수가 없었어.

알폰신 왕비, 그녀의 이름이었어, 그 왕비가 나를 '내 방'으로 안내해 줬어.

"자, 보렴. 있던 그대로 하나도 건드리지 않았단다. 네 인형 집 생각나지? 그것을 가지고 노는 걸 그리도 좋아하더니. 식물표본들도 그대로 있단다. 옷장에 넣어 놨어. 잎사귀 하나도 없어지지 않았을 거야."

난 당연히 아무것도 모르지. 그냥 미소만 지어 보였어.

"네 침대를 제일 부드러운 플란넬 천으로 깔아 주마. 쯧쯧, 지금까지 어디서 잤을까! 자, 기다리는 동안 우선 목욕부터 하렴. 그리고 공주답게 우아하게 차려입어야지. 어디서 이런 지저분한 것들이 났을까? 이 더러운 담요는 또 뭐고? 당장 이리 주렴, 갖다 버리라고 하게."

"오, 안 돼요, 부인. 가지고 있을래요."

난 대답했지.

그녀의 눈은 이내 슬픔에 젖었어.

"내 딸이 나에게 '부인'이라고 부르다니. 그리고 그 남을 대하는 듯한 말투는 나를 너무 아프게 하는구나. 알리제, 정말로 모든 걸 다 잊어버린 거니? 난 네가 떠난 게 엊그제 일

같은데. 그 후로 내 인생은 그대로 멎은 거나 다름없었단다. 모든 게 조금씩 좋아질 거다. 틀림없이. 미안하구나, 지금은 좀 나가 봐야겠다."

왕비가 나간 후, 사팔눈을 한 하녀 둘이 커다란 욕조에 김이 모락모락 올라오는 목욕물을 가득 채워 들어왔어.

"옷을 벗고 이 안으로 들어가세요."

그중 한 명이 말했지.

"물의 온도가 적당해서 그동안의 여독을 풀어 줄 거예요."

이번에는 또 다른 하녀가 말했어.

"욕조 바닥에는 두꺼운 천을 깔아 두었으니 편안할 거예요."

적당히 데워진 물속에 비누를 풀고 누워 있으니 얼마나 편안했는지 몰라. 가만히 있으면 등도 밀어주고, 발도 문질러주고. 이렇게 목욕다운 목욕을 해 본 게 정말 몇 달 만이지? 목욕이 끝나자 하녀가 좋은 향기가 나는 커다란 수건으로 나를 닦아 주었지. 그리고 또 다른 하녀는 장롱문을 열고 삼십여 벌은 족히 되어 보이는 드레스 중에서 하나를 골라 내게 물었어.

"이 옷 마음에 드세요?"

그것은 흰색과 푸른색이 어우러진 레이스 장식의 예쁜 드레스였어.

"그게 제가 입을 옷이에요?"

난 더듬거리며 말했지.

"그럼 누구 것이겠어요? 단지 저는 잘 맞을지 몰라서… 열 네 살 나이에 비해 그리 큰 편은 아니어서요."

"저는 열네 살이 아닌걸요. 이제 열세 살이 막 지났는 데……."

하인은 아무 말도 하지 않았어. 하지만 그의 눈은 이렇게 말하는 듯했어.

'오, 불쌍한 공주! 자기의 나이도 기억하지 못하다니!'

난 조용히 드레스를 입었어. 방 안에는 드레스 자락이 내 살갗에 닿는 소리만 들렸지. 다른 옷을 입어 볼 필요도 없다 는 생각이 들 정도로 그 옷이 무척 마음에 들었어.

"거울 있어요?"

내 모습을 거울에 비춰 보려고 물었지. 그랬더니 좀 놀라 운 답변이 돌아왔어.

"거… 울? 아, 아니요. 당연히 없지요!"

하녀가 손을 저으며 소리쳤어.

"오, 알리제, 제발, 그 단어는 입에 담지 마세요."

이번에는 두 번째 하녀가 거들었고. 나는 바로 미안하다고 사과했지만, 사실 뭐가 미안한지 몰랐어. 내 질문은 정말 평 범했고, 그게 그렇게 충격적인 말일 줄은 몰랐거든. 하지만 더 이상 묻지는 못했어. 그냥 '이 나라는 거울을 좋아하지 않는구나'라고 생각하는 정도로 만족했지. 그리고 그들의 얼굴을 보면 어느 정도는 이해가 가기도 했고.

그러고 나서 두 하녀는 나의 머리를 매만지기 시작했어. 그들의 이름은 블랑슈 그리고 세자린이었어.

"머리가 갈색으로 많이 변했군요. 잘 어울리세요."

그들의 말에 나는 대답을 하지 않았어. '난 태어나서부터 늘 갈색 머리였는걸요. 금발 머리가 어떤지 난 전혀 몰라요'라고 속으로만 생각했지.

마지막으로 그들은 스타킹과 구두, 그리고 예쁜 벨벳 재킷을 가져왔어. 모든 게 내 몸에 딱 맞았어. 블랑슈는 즐거움을 되찾은 듯 웃으면서 말했지.

"자, 이제 식사하러 가시죠. 네스토는 기다리는 걸 아주 싫어해요. 그리고 아가씨도 아마 배가 많이 고프실 거예요. 불쌍한 공주님!"


나는 왕의 딸이 아니야, 토멕. 그리고 난 왕궁에서의 예절이라곤 전혀 몰라. 하지만 생각해 보건대 그날 내가 저녁 식사를 하며 본 것들은 있음 직한 왕궁의 예절과는 사뭇 달랐어. 너도 생각해 봐. 식기는 모두 나무로 되어 있었어. 식탁 주변으로는 적어도 열다섯 명이 둘러앉아 있었는데, 모두가 동시에 이야기를 하더라고! 어쩜 그렇게 소란스러울 수가! 왕은 물론 상석에 앉아 있었지만 그에 대한 배려는 거기까지였어. 사람들은 왕에게 "대왕마마, 포도주를 드시겠사옵니까?"라고 말하기는커녕 "네스토, 물병 좀 주게!"라고 말하는 거야. 알폰신 왕비는 또 어떻고, 앉아 있는 시간보다 서서 다른 사람들 음식을 챙겨다 주는 시간이 더 많았어.

"맛있는 참소리쟁이 수프가 조금 남았는데 누구 더 먹을 사람 없어요?"

그녀는 투덜대듯 말했어.

"두 숟가락 정도 남았는데, 아무도 생각 없어요?"

"그럼 그냥 당신이 끝내구려."

왕이 대답하지.

"당신이 먹고 싶으면서!"

테이블을 둘러앉은 손님들은 내 귀환을 축하하며 열 번도 넘게 술잔을 들었어. 네스토 국왕은 그렇지 않아도 빨간 코가 점점 짙은 빨간색으로 변해 갔어. 손님들이 술잔을 들 때마다 눈시울이 붉어졌지. 후식으로 나온 초콜릿을 버무린 맛 좋은 배 파이까지 끝낸 후, 왕은 일어서서 그 자리에 모인 사람들을 지나 내게로 천천히, 장엄하게 걸어왔어.

"알리제, 내 딸아, 나의 공주야, 이제야 우리 곁으로 돌아왔구나. 너 없이 보냈던 칠 년이라는 긴 세월은 우리에겐 영원과도 같았단다. 하지만 결코 단 한 시간도 넌 우리 곁을 떠나지 않았단다. 알지? 너의 웃음소리는 단 한 순간도 성안의 복도에서 사라진 적이 없었어. 우리는 공원에서 네가 노래 부르는 소리를 듣고, 네가 방에서 노는 소리, 계단을 오르내리는 소리를 듣곤 했단다. 칠 년 동안 매일 저녁, 네 엄마와 나, 우리 둘은 네가 없는 침대로 가서 잘 자라고 인사를 했지. 오늘 이 시간, 이렇게 잘 자란 모습으로, 그리고 더 예뻐진 모습으로 나타난 너… 조금 전 길에서, 그리고 광장에서 알 수 있었을 거야. 그동안 네가 얼마나 우리 가슴 속에서 절실한 사랑으로 있었는지를. 넌 우리의 태양이고 우리의 행복이란다. 신이 이제 너를 영원히 우리 곁에 머물게 해 주리라."

말을 마치고 왕은 자리로 돌아가 앉았어. 테이블 주변으로 앉은 사람들은 코를 훌쩍거리며 손수건을 꺼내 들었지. 알폰신 왕비는 왕이 말을 이어가는 동안 내 손을 꼭 잡고 있었어. 그리고 왕의 말이 끝나자 내 귀에 대고 속삭였지.

"내일 블랑슈가 네가 모르는 모든 것들에 대해 이야기해 줄 거다. 그녀는 이야기를 참 잘하지. 이제 넌 모든 걸 이해할 나이가 되었단다."

# 제12장 거울

난 다음 날까지 기다릴 수가 없었어, 토멕. 그 이야기를 듣지 않고는 잠을 잘 수가 없을 것 같았거든. 잠자리에 들자마자 나는 침대 머리맡에 놓여 있는 작은 줄을 잡아당겼지. 그러자 블랑슈가 들어왔어. 잠옷에 취침용 모자를 쓰고 있는 모습이 여간 우스꽝스러워야지.

"뭘 도와드릴까요, 공주님?"

"네, 알폰신 여왕이……."

"공주님 어머니 말씀하시는 거죠?"

"네, 어머니가 그러셨어요. 블랑슈 당신이 내가 모르는 무언가를 이야기해 줄 거라고."

그녀는 조금 주저하는 듯했어.

"그래요. 하지만 지금은 시간이 많이 늦었고, 피곤하실 텐데……."

"실은 그것 때문에 잠이 오질 않아요."

"좋아요. 침대 옆에 앉을까요?"

"좋을 대로요, 블랑슈."

내가 그녀만큼 이야기를 잘할 수 있을지 모르겠는데, 한번 해 볼게, 토멕. 그녀는 이야기를 정말 잘하거든. 적당한 한숨이나 미소, 또는 침묵도 곁들여 가며 말이야. 자, 이제 그녀가 나에게 해 준 이야기를 들려줄게.


옛날 옛날에 정말 끔찍하게도 못생긴 사람들만 사는 작은 왕국이 있었어. 하지만 그 나라 사람들은 그저 당연한 일로 생각하고 그것이 정상인 듯 잘 살았지. 그래서 새로 아이가 태어나면 그 아이를 요람에 올려놓고, 사람들은 감격한 목소리로 말하곤 했대.

"어머나, 세상에… 어쩜 이렇게 못생겼을까!"

그러면 아이의 엄마는 답하지.

"그렇죠? 제 아버지를 쏙 빼닮았다니까요!"

한 총각이 한 아가씨와 결혼을 하고 싶으면 우선 부모에게 자랑을 하지. 이렇게 말이야.

"그 여자는 집안이 아주 좋아요. 식구들 모두 정직하고, 부지런하고, 친절하고, 정성을 다하죠."

그리고는 마지막으로 붉어진 얼굴을 숙이며 이렇게 말을 하지.

"게다가 얼굴이 정말로 추해요. 나중에 보시면 만족하실 거예요."

그 나라의 국왕은 알고 있었듯 네스토야. 네스토 국왕은 그의 어진 성품으로 이 작은 못생긴 사람들의 나라를 잘 다스리고 있었어. 그의 얼굴 또한 넘쳐나는 턱수염과 어마어마한 코에, 누구 못지않게 추한 모습이었어. 그의 왕비 알폰신은 왕의 허리까지밖에 오지 않는 키에 별로 과시하는 것을 좋아하지 않는 사람이었어. 그녀의 화려한 왕비복 위에는 늘 앞치마 자락을 볼 수 있었지. 이렇게 이 나라에서는 모두가 각자 나름대로 평화롭고 행복하게 살았어. 그러던 어느 날, 이곳에 또 하나의 행복이 찾아왔어. 왕비가 아이를 갖게 된 거야.

"틀림없이 딸일 게다!"

국왕 네스토가 단언했지. 그리고는 그때부터 공주를 향한 자랑스러움을 주체할 수 없어, 보는 사람마다 이렇게 이야기하곤 했지.

"나의 친구들이여, 조금만 있으면 여러분들에게 공주를 선사하게 될 거요. 공주 말이오!"

그가 너무나도 기쁨에 겨워했기에 몇 달 후 갑자기 무언가에 불만스러운 얼굴로 골똘히 생각에 잠기자 모든 사람들이 의아해했지.

"왜 그래요, 우리 왕코?"

왕비가 물었어. 때로는 둘만의 애정 표시로 이렇게 부르기도 했지.

"무슨 고민이 있는 것 같아요. 점심 때 당신이 좋아하는 토끼 파이 요리도 손을 대는 둥 마는 둥 하고. 도대체 무슨 고민이에요?"

"음......"

왕이 중얼거렸지.

"내가 아무리 동화책을 뒤져 봐도 그런 공주는 안 나오는 것 같아."

"어떤 공주 말씀이세요?"

"그러니까… 우리와 같은 공주 말이오."

"우리 같다니요, 네스토?"

왕은 여전히 속말을 꺼내지 못하고 망설이다가 결국 털어놓았어.

"이런! 당신도 내 말이 무슨 뜻인지 알지 않소! 동화에서 얼굴 한가운데 당근 하나 달고 있는 얼굴을 본 적 있소? 내 딸이라면 그렇게 생길 것 아니오! 그리고 식사를 하려면 방석을 네 개는 깔고 앉아야 할 거요. 그 아이가 당신 딸이라면 말이오. 게다가 혹시라도 둘 다 닮게 되면… 안 돼! 난 우리 왕국을 위해서 그 이름에 걸맞은 우아한 공주를 원하오! 난 우리 공주가 그림책에 나오는 그런 공주와 닮기를 원한단 말이오! 그러니까 한마디로 예쁜 공주가 나와야 한다 이 말이오! 브람세르를 들라 하시오!"

브람세르는 깊은 산속 오두막에 살고 있는 사람인데, 마치 거대한 짐승 같은 모습을 한 남자였어. 원숭이처럼 털북숭이라서 옷을 입지 않아도 되고, 황소처럼 힘이 센 사람이라 사람들 말로는 괴물들과도 잘 지낸다고 해. 하지만 때로는 사람들의 부탁을 받아 여러 가지 일들을 해결해 주기도 했대. 무언가 대가를 지불하기만 하면 말이야. 왕은 즉시 다음 날 브람세르를 성으로 불러들이라고 명했어. 그가 모습을 드러내자 왕은 원하는 바를 그에게 설명하기 시작했지. 브람세르는 왕의 말을 끝까지 듣더니 쇳소리처럼 듣기 거북한 목소리로 이렇게 대답했어.

"모든 게 가능합니다. 대왕마마께서 원하시면 예쁜 딸을 얻게 해 드릴 수 있습니다."

"예쁘다면… 어떻게 말인가?"

불쌍한 국왕은 구체적으로 알고 싶어 이렇게 물었지.

브람세르는 주위를 둘러보다 테이블 위에 놓여 있는 동방에서 온 진주를 하나 발견하고는 손바닥 안에 이리저리 굴리며 이렇게 말했어.

"이 진주처럼 말입니다, 대왕마마."

네스토 국왕은 흐르는 눈물을 주체할 수가 없었어. 브람세르는 창문 넘어 무언가를 바라보았어. 그때는 이미 밤이었고, 하늘에는 수많은 별들이 반짝이고 있었어. 그는 팔을 뻗어 무수한 별들로 수놓인 하늘을 가리키며 말했지.

"저 밤하늘의 반짝이는 별처럼 말입니다, 대왕마마."

네스토 국왕은 이번에는 주체할 수 없는 행복감에 정신이 나갈 정도였어.

"좋아, 좋아. 그렇다면 그런 딸을 갖기 위해 해야 할 일이 뭔가?"

브람세르는 대답했지.

"잘 아시다시피 모든 일은 조건이 따르기 마련입니다. 자, 말씀드리지요. 공주님께서는 정말 훌륭한 아름다움을 가지게 되실 겁니다. 모두가 공주님의 모습에 반하게 될 겁니다. 단, 공주님 자신을 제외하고 말이죠. 공주님의 열다섯 살 생일 전까지 절대로 스스로의 모습을 보게 해서는 안 됩니다. 만약 실수로 혹은 장난으로라도 이 조건을 어기게 되면 공주님은 그 순간부터 칠 년 동안 멀리 떨어져 살아야 합니다."

"칠 년 동안?"

왕은 근심 가득한 얼굴로 더듬거리며 물었어.

"그렇다면, 그 시간 동안 공주는 어디서 뭘 하며 지내게 되지? 그대가 데리고 있는 건가?"

"아닙니다."

브람세르는 대답했어.

"저는 아이를 낳는 것까지만 도와드릴 수 있죠. 아이를 좋아하지는 않습니다. 공주님은 세상으로 나가게 될 겁니다."

"세상으로?"

"그렇습니다."

괴물은 조용히 대답했어.

"그러고 나서 칠 년 후, 폐하의 품으로 돌아오게 될 겁니다. 하지만 돌아온 다음 공주에게 어디에 있었는지, 무엇을 했는지 물어도 소용이 없을 겁니다. 전혀 기억하지 못할 테니까요. 그리고 운명은 여기서 끝나지 않습니다. 만약 불행하게도 또다시 열다섯 살 생일 전에 자신의 모습을 보게 된다면 그때는 영원히 제가 데려가야 합니다."

공포에 질린 네스토 국왕은 일단 브람세르에게 돌아가라고 명했어. 결정을 하기에 앞서 좀 더 생각해 보겠다는 답을 주고서 말이야. 하지만 그의 선택은 이미 정해진 거나 다름이 없었지. 어떻게 그 긴 세월 동안 사랑하는 딸을 외지로 보내고 살 수 있겠어! 못생겨도 할 수 없지!

하지만 몇 개월이 지나자 그는 다시 흔들리기 시작했어. 동양에서 온 진주를 보면 볼수록, 하늘의 별들을 보면 볼수록, 그리고 무엇보다 점점 부풀어 오르는 알폰신의 둥근 배를 볼수록 왕은 다시 책 속의 공주를 얻고 싶었어. '사실, 십오 년은 그리 긴 시간은 아니야.' 그는 생각했어. '공주가 자기 모습을 볼 수 없도록 조치만 취하면 되지. 생각해 보면 그리 어려운 일이 아니야.' 왕은 왕비에게 자신의 결정을 알리고 왕비는 왕의 뜻에 따르기로 했어.

"이 나라에 있는 모든 거울을 없애면 되죠."

왕비는 한숨을 지으며 말했어.

"공주가 어떤 상황에서도 자신의 모습을 들여다볼 수 없게 말이죠."

일주일이 지난 후, 왕은 브람세르에게 계약을 맺겠다고 통보했어.

공주가 태어날 날이 조금씩 가까워지면서 왕은 나라의 모든 거울을 다 없애도록 명령을 내렸지. 모든 유리창에는 칠을 해 버리도록 명했으며, 모든 은수저는 다 나무 수저로 바꾸도

록, 또 모든 유리컵은 전부 토기로 바꾸도록 지시했어. 급기야
는 우물과 연못을 모두 메워 버리고, 호수의 물을 빼 버리도
록 지시하기까지 이르렀어! 조금이라도 빛이 반사되는 물건
이 있으면 모두 없애 버리도록 한 거야. 조금 반짝인다 싶은
작은 돌멩이들까지 모두 땅속 깊이 묻어 버리도록 지시했지.

봄이 되자 드디어 아기가 태어났어.

"딸이에요!"

산파가 외쳤지.

"이름을 뭐라고 지으실 건가요?"

아주 부드럽고 따스한 바람이 부는 날이었어.

"아이 이름을 알리제라고 지어요."

왕비가 제안을 했지.

"좋지 않습니까, 폐하?"

"좋아요, 왕비"

감격에 겨워 목멘 목소리로 왕이 대답했어.

나라 안 사람들은 신생아를 들여다보면서 자기들 눈을 의
심했지. 이곳에서는 요람 속에 들어 있는 아이에게서 그렇게
은혜로운 모습을 본 적이 없었거든. 민첩해 보이는 예쁜 팔다
리며, 조화로운 얼굴까지, 경이로웠지. '우리는 못생겼을지 몰
라도 공주님은 다른 곳의 공주님과 전혀 다르지 않아.' 태어난

첫날부터 아기 공주는 그들의 마음을 완전히 사로잡았던 거야.

거울을 없애 버린 일은 걱정했던 만큼 불편을 주지 않았어. 모두가 좋은 의도로 받아들였지. 가정마다 부인이 남편을 면도해 주고 여자아이들은 서로서로 머리를 매만져 주었지. 혼자 사는 사람들은 아마도 다른 사람들보다 조금 더 불편했을지 몰라. 볼에 잼을 묻히고 길을 가는 사람들을 보는 게 흔한 일이 되어버렸거든. 그러면 어때! 이 나라에서는 어차피 서로의 얼굴을 쳐다보는 일이 별로 없으니까. 모든 게 비교적 잘 이루어졌어.

한 해가 꼬박 흘렀어.

"이제 십사 년만 지나면 모든 걱정에서 벗어나게 된다."

네스토 국왕은 즐거워했지.

그런데 얼마 지나지 않아 가장 신중하게 행동하던 곳에서 사건이 발생하고 말았어. 어느 가을 오후, 네스토 국왕은 정원으로 산책을 나갔어. 그는 공주를 무릎 위에 올려놓고 뛰어놀도록 했지. 공주는 깔깔거리며 좋아했어.

"말을 타고, 조랑말을 타고……."

왕은 즐거워하며 노래를 불렀지. 그런데 갑자기 어린 공주가 몸을 움직이지 않고 가만히 있는 거야. 가만히 왕의 눈을 들여다보고 있었던 거지.

"왜 그러느냐, 우리 공주?"

그가 물었지.

"아, 그래. 내 눈으로 너의……!"

순간 왕은 말을 잇지 못하고, 있는 힘을 다해 공주를 밀어 내 버렸어. 공주는 풀밭으로 내동댕이쳐졌고, 펑펑 울기 시작 했지. 왕은 말할 수 없는 걱정에 싸여 재빨리 주변을 둘러봤어. 그 브람세르라는 놈이 순식간에 나타나서 공주를 낚아채 고는 칠 년 동안 붙잡아 두게 될까 봐 불안에 떨면서 말이지. 하지만 아무 일도 일어나지 않았어. '아마도 충분히 자신의 모 습을 들여다볼 시간은 갖지 못했으리라.' 왕은 생각했지. 그렇 다 하더라도, 두근두근 뛰는 심장은 좀처럼 진정되지 않았어. 그날부터 왕은 공주 근처에 가까이 가는 것을 금지시켰어. 단 지 부모와 몇몇 시녀들만이 눈을 감는다는 조건하에서만 허 락이 되었지.

또한 어떠한 경우에도 비 오는 날에는 공주를 밖에 데리 고 나가지 않는다는 규정도 새로 만들었지. 비가 오면 공주가 물웅덩이를 통해 자신의 모습을 볼 수 있으니까. 이 새로운 조치들 덕분에 그다음 몇 해 동안은 아무 문제 없이 지나갈 수 있었어.

"이제 십이 년", "이제 십일 년", "이제 십 년." 왕은 한 해

한 해를 이렇게 세어 나갔어. 그러면서 조금씩 자신감도 얻어 가기 시작했지.

알폰신 왕비는 앞으로 남은 시간이 더 어려울 것이라는 걸 잘 알고 있었어. 보통 다섯에서 여덟 살 사이의 여자아이들이 하루의 절반을 거울을 들여다보며 지낸다는 걸 알았던 거야. 앞으로의 몇 년이 가장 중요한 시간이 될 거라는 건 자명한 일이었지.

"어떤 거울을 말하는 거요?"

왕은 역정을 냈어.

"이제 더는 거울이 없지 않소."

하지만 왕비의 걱정은 헛된 것이 아니었어. 알리제가 여덟 살 생일잔치를 벌이던 날, 그 '사건'은 일어나고야 말았지. 어린 공주는 수많은 하녀 중 에띠에네뜨를 가장 좋아했어. 이 충직한 하녀는 온 정성을 다해 공주를 보살폈지. 누가 한밤중에 악몽에서 깨어난 공주를 달래 주러 제일 먼저 달려갈까? 바로 에띠에네뜨. 누가 공주를 위해 아주 특별한 맛과 특별한 모양의 귀엽고 조그마한 파이를 구워낼까? 바로 에띠에네뜨. 그리고 누가 등만 돌리면 남들에게 속속들이 있는 얘기 없는 얘기 다 하지 않고 모든 비밀을 지켜 줄 수 있을까? 역시 바로 에띠에네뜨였어.

"만약 엄마가 없었다면, 에띠에네뜨가 우리 엄마가 됐을 거예요."

공주는 왕비에게 그렇게 말하곤 했지.

그러던 어느 날 오후, 둘은 근처 숲으로 산책을 떠났어. 둘은 평소 즐겨 찾던 조그마한 공간에 이르게 됐어. 술래잡기도 하고, 소꿉장난도 하고, '여우야, 여우야, 뭐 하니?' 놀이도 하던 익숙한 장소였지. 그런데 어떻게 했기에 에띠에네뜨가 공주를 시야에서 놓쳤을까? 평소와 다름없었는데. 아무것도 알 수가 없었어. 그저 갑자기 공주가 없어져 버렸다는 것밖에는……

"알리제, 어디 갔어요?"

그녀는 소리를 지르기 시작했어.

"나 여기 있어요!"

그때, 멀리서 공주의 목소리가 들렸어.

에띠에네뜨는 소리가 들려오는 곳을 향해 달리기 시작했어.

"알리제, 대답해 봐요!"

"여기 있어!"

이번에는 더 가까이 들렸어.

"이리 와 봐. 우물 한가운데서 한 소녀가 나를 쳐다보고 있어."

그 말을 들은 에띠에네뜨는 하얗게 공포에 질려 거의 기절할 지경이었어.

"오래된 연못! 그걸 잊고 있었구나." 그녀는 온 힘을 다해 달렸어. 하지만 때는 이미 늦었지! 공주는 우물가 돌에 기대어 앉아 차가운 연못 속을 들여다보고 있었어. 브람세르가 잡목들을 헤치며 나타난 건 불과 얼마 지나지 않아서였지. 불쌍한 에띠에네뜨는 브람세르가 공주를 데려가지 못하도록 온 힘을 다해 저항했지만 한쪽 눈을 잃어버리기만 했을 뿐 결국 공주를 구하지 못했어. 그녀는 성으로 돌아와 거의 죽어 가는 형상으로 조금 전 있었던 비극적인 소식을 전했지. 왕은 그 즉시 백여 명의 사냥꾼을 보내 그 괴물을 뒤쫓도록 했어. 하지만 모든 게 헛된 일이 되고 결국 모든 걸 포기하기에 이르렀지. 왕과 왕비는 비통함에 잠겨 거의 죽을 지경에까지 이르렀어. 특히 왕이 더 괴로워했지. 주먹으로 머리를 치며 이런 말만 반복했어.

"이게 다 내 잘못이야. 모두 내 잘못이야."

하지만 그래도 삶은 계속되는 법이지. 왕가의 슬픔을 자기들 일인 양 함께 슬퍼하던 사람들은 왕과 왕비를 모심에 더욱 더 주의를 기울였어. 그리고 이런 모두의 배려가 어딘가에 있을 공주를 위한 것이라고 생각했어.

"이제 육 년만…", "이제 오 년" 네스토와 알폰신은 다시 숫자를 세기 시작했어.

하지만 하루하루가 몇 개월 같았고, 몇 개월이 몇 년 같았고, 몇 년이 몇 세기와 같았지. 사람들은 왕 부부에게 다시 아이를 가질 것을 권유했어. 그러면 세월도 더 빨리 지나갈 것이라고. 하지만 왕 부부는 그 말을 들으려 하지 않았어. 그저 기다리기만 했지.

그들은 그렇게 수많은 밤과 수많은 아침을 보내며, 사계절이 일곱 번 바뀌는 동안 슬픔을 참아냈지. 그러던 어느 맑은 가을 오후, 바르나베라는 이름을 가진 한 소년이 숲 속에서 돌아와서는 이렇게 말했어.

"엄마, 엄마, 조금 전 공주님을 봤어요. 내 동굴 안에서 말이에요."


"자요? 알리제?"

자다니! 난 블랑슈의 손을 잡아당겼어.

"이 이야기가 어떻게 끝나죠?"

그녀는 대답이 없었어.

"에띠에네뜨라는 그 하녀는 아직도 여기에 있나요?"

"네. 내일 보게 될 거예요. 그녀는 작고 뚱뚱한 편이에요.

얼굴은 납작하고 한 눈은 거의 감고 있는 듯하죠. 자 이제 주무셔야죠. 시간이 많이 늦었어요. 뭐 더 필요한 거 있으세요?"

"아무것도 필요하지 않아요."

난 대답했어.

"이야기해 줘서 고마워요. 듣던 대로 이야기를 참 잘하는군요."

그리고는 손을 놓아 주기는커녕 그녀의 손을 꼭 쥐며 중얼거렸어.

"블랑슈, 난 알리제 공주가 아니에요. 내 이름은 한나예요. 난 바다 건너 저편에서 왔죠. 난 왕과 왕비의 딸이 아니에요. 난 이 성에 한 번도 와 본 적이 없어요. 난 이곳의 아무것도 어느 누구도 몰라요."

그녀는 웃으면서 말했어.

"걱정하지 말아요. 다 잘될 거예요. 단지 시간이 조금 필요할 뿐이에요."

그러고는 밖으로 나갔어.

난 옷장으로 갔어. 많은 드레스들 위 선반에는 대여섯 권의 공책이 쌓여있었어. 난 그중 손에 잡히는 하나를 집어 들었지. 풀잎 하나가 첫 페이지에 꽂혀 있었어. 그리고 어린아이의 필체로 이렇게 적혀 있었지. '평버만 풀'. 그리고 페이지를 한

장 한 장 넘길 때마다 서로 다른 나뭇잎들이 하나씩 나타나고 나뭇잎 옆에는 이렇게 적혀 있었어. '떠깔나무, 너도밤나무, 자장나무…' 나는 첫 페이지에 있는 '평버만 풀'을 다시 들여다봤지. 그걸 보면서 나는 목이 메는 걸 느꼈어.

   '미안해, 알리제. 네 물건을 뒤져서, 그리고 네 자리를 빼앗아서……. 하지만 내 잘못이 아니야. 사람들이 날 믿으려고 하질 않아. 날 절대로 믿지 않을 거 같아…….'

# 제13장 에띠에네뜨

매일 아침이 되면 세자린은 내 방의 창문을 활짝 열고 나서 한 아름의 드레스를 침대 위로 올려놓지. 그러면 난 벨벳과 비단의 바스락거리는 소리를 들으며 잠에서 깨어나곤 했어.

"오늘은 어떤 옷을 입으시겠어요? 이것? 아니면 이것?"

그 옷들은 모두가 너무나 아름다워서 뭐를 골라야 할지 몰라 주저하는 일이 많았지. 그럴 때면 이렇게 말하곤 했어.

"첫날 입었던 흰색과 푸른색이 어우러진 것이요. 그게 좋아요."

머리를 만져 주고 향수를 뿌려 주는 것 역시 세자린이었어. 난 원래 예쁜 걸 그리 밝히는 애는 아니지. 하지만 그래도 세자린이 나가기만 하면 재빨리 내 가방 안 깊숙이 들어 있는 조그만 거울을 꺼내서 들여다보곤 했어. 처음 봤을 때는 나 자신도 나를 알아보지 못할 정도였어. 나는 깔깔거리며 웃었

지. 머리를 양 갈래로 동그랗게 따서 묶어 놓은 게 꼭 손잡이
달린 냄비 같았거든.

부엌에서는 알폰신 왕비가 부지런히 잔일을 했어. 껍질을
까고, 털을 뽑고, 자르고, 이쪽저쪽을 오가며 음식의 간을 보
고. 그녀는 매 식사가 잔치처럼 이루어져야 된다고 생각하며
정성을 다했지. 그래서 매 식사가 실제로 잔치 같았어. 하루는
커다란 접시 가득 깃털로 장식된 공작 요리가 나오고, 또 그
다음 날은 버섯 프리카세 요리를 놓기 위해 테이블을 온통 이
끼로 장식하기도 했지. 남자들은 포도주를 마시고, 나는 박하
잎이나 마편초 잎으로 향을 낸 물을 마시지.

일주일이 지나면서 나는 왕비에게 존칭을 쓰지 않고도 말
을 할 수 있게 되었어. 그리고 엄마라는 말도 자연스럽게 나
오게 됐지. 네스토 국왕과는 조금 더 어려웠어. 하지만 그는
나에게 아버지로서 더 이상 할 수 없을 정도로 잘 대해 주었
지. 나를 말 위에 태우고는 함께 달리면서 오전을 꼬박 같이
보내곤 했어. 그리고는 만나는 사람마다 인사를 건넸지. 아,
토멕, 네가 그때의 나를 볼 수만 있다면!

"내 딸이라네! 그대들의 공주 말이야! 알아보겠지?"

"그럼요, 대왕마마."

사람들이 대답했어.

그들은 모자를 벗고 환한 미소를 보내곤 했어.

가끔 성안 복도에서 에띠에네뜨와 마주치기도 했는데 눈을 마주친 적은 없었어. 그녀는 늘 슬픈 얼굴로, 머리를 숙인 채, 어두운 복장을 하고 나를 피하려는 듯했어. 그 사건이 났을 때 생긴 듯한 상처로 한쪽 눈이 감겨 있었어. 그 모습을 보면서 나를 위해 그렇게 용기를 내서 싸워 준 것에 대해 감사하는 마음을 전하고 싶었지. 하지만 곧바로 이런 생각이 들었어. '한나, 너 정신이 나갔구나. 넌 이 사람을 모르잖아. 너하고는 상관이 없는 일이었어. 뭐에 대해 감사하는데?'

모든 게 머릿속에서 뒤죽박죽 엉키기 시작했어. 하루에 스무 번도 넘게 다른 이름으로 불린다는 게 쉬운 일은 아니니까. 확실히 난 지금 거짓말 속에서 살고 있는 거야. 하지만 거짓말치고는 그리 못된 건 아니지. 사람들이 간절히 원하고 있고, 모두에게 행복을 가져다주는 거짓말이었으니까. 어떻게 하겠어? 때로는 블랑슈가 원망스럽기도 했어. 왜 그리도 이야기를 실감 나게 해 주었는지. 나는 에띠에네뜨를 생각해 보았어. 내가 무서운 꿈을 꾸었을 때 달래 주던 모습, 그녀가 만들었던 파이, 함께 부르던 '여우야, 여우야, 뭐 하니?' 노래, 숲속의 빈터, 차가운 물 위로 비치는 내 모습, 그러다가… 그래, 말도 안 되는 일이라는 것 알아. 하지만 그러다가 말이야. 갑자기 불현듯 기억이 나는 것 같았어! 순간 현기증이 났어. 나 자신을 나무라기 시작했지. '한나, 너는 알리제가 아니야! 네가 알리제라면 어떻게 거울을 들여다볼 수 있니? 새 시장을 잘 생각해 봐! 호다를 생각해 봐, 네 동생! 그 모든 게 꿈은 아니잖아!'

가을이 지나고 첫눈이 내렸지.

"이제 몇 달만 있으면 네 열다섯 번째 생일을 맞이하게 된다."

왕이 한숨을 내쉬며 이야기했지.

"조심해야 한다, 아가. 제발… 밖에 나가면 땅에 얼음이 있어서 네 모습을 볼 수도 있어. 군사를 동원해서 얼음을 깨라고 명했지만 그렇게 빨리할 수는 없는 작업이란다. 그러니 아예 밖에 나가지 않는 편이 좋을 것 같구나."

"걱정하지 마세요, 아버지. 이제 어린애가 아닌걸요. 조심할게요. 밖에 안 나갈게요."

난 이렇게 말했어.

내가 덜 지루하도록 그는 성안으로 음악가들, 서커스단, 마술사, 가면을 쓴 연극배우들 등 나라의 온갖 재주꾼들을 불러 모았어. 좀 다른 이야기지만 난 그 사람들이 가면은 뭐 하러 쓰는지 이해가 안 갔어. 가면을 안 쓴 얼굴도 이미 가면 같앴거든……. 그들은 아주 커다란 방에 벽난로를 피우고 저녁마다 공연을 열었지.

"우리는 이 공연을 알리제 공주에게 바칩니다."

시작 전이면 늘 이렇게 말하고는 했어.

나는 고개를 살짝 숙여 그들에게 감사를 표했지. 재미난 공연들을 보면서 되도록 아무 생각도 하지 않으려고 애쓰면서 하루하루, 한 주 한 주를 보냈어. '봄이 오기를 기다리자. 어쨌든 이렇게 눈도 내리고 추운데 길을 떠나면 좋을 게 뭐 있겠어?' 난 그렇게 생각했지. '그리고 혹시 알아? 그사이에 나와 닮은 어린 여자아이가 마을의 광장으로 뚜벅뚜벅 걸어 들어올지. 그러면 모든 진실이 밝혀지게 되겠지.' 알리제… 도대체 어디에 있는 걸까? 나는 가끔 그 아이를 생각했어. 지금 이 상황에서 나 말고 누가 알리제 생각을 하겠어?

그렇게 봄이 찾아왔어. 네스토 국왕은 내 생일을 준비하라고 명령을 내렸지. 알리제는 여전히 돌아오지 않았고……. 하루하루 지날수록 점점 그녀가 돌아오는 게 힘들어질 수도 있다는 생각이 들기 시작했어. 그녀가 돌아오지 않는다면? 밤에 몰래 도망가야 하나? 마치 도둑처럼? 고마웠다는 말도 없이? 정말 지금껏 이토록 나를 사랑해 주었던 아버지, 엄마, 그리고 그 많은 사람들을 다 배반해야 하는가? 그렇다면 여기서 영원히 산다는 건? 상상이나 할 수 있을까? 난 늘 이렇게 답이 없는 질문을 해야 했어.

그러다 바로 그 밤이 오고야 말았지. 내 생일 전날 밤. 난 잠이 오질 않았어. 물을 마시려고 일어났지. 조용한 식당 안에 에띠에네뜨가 혼자 화덕 앞에 앉아 있었어.

"아직 안 잤어요, 에띠에네뜨?"

"내일을 위해서 작은 파이들을 굽고 있지요. 이것들을 큰 파이 옆에다 놓을 거예요. 공주님이 어렸을 때, 그것을 보면서 웃으시곤 했죠."

나는 의자 하나를 잡아당겨 그녀의 옆에 앉았어.

"나를 위해서 브람세르와 용감히 싸워 준 것에 대해 고맙다고 말하려고 했어요. 정말 고마워요."

그녀는 고개를 조금 끄덕해 보이기만 했어.

"왜 그렇게 슬퍼 보여요, 에띠에네뜨? 그 모든 것들이 에띠에네뜨 잘못이 아니에요. 아무도 당신을 비난하지 않아요. 그리고 나도 돌아왔잖아요. 안 그래요?"

잠시 동안 침묵이 흘렀어. 그러다가 그녀가 조금씩 울기 시작했어.

"왜 그래요, 에띠에네뜨? 왜 울어요?"

그녀는 여전히 아무 말도 하지 않았어. 나는 납작한 그녀의 얼굴을 내 쪽을 향해 들어 올렸어. 그녀의 눈은 놀라울 정도로 부드러운 빛을 하고 있었어.

"에띠에네뜨, 말해 봐요."

"내가 우는 이유는 말이에요. 당신은 알리제 공주님이 아니기 때문이에요."

그녀는 아주 서글픈 목소리로 말했어.

"아가씨가 알리제이기를 진심으로 바랐어요. 하지만 알리제는 손에 화상이 있어요. 아주 깊은 화상이죠. 하지만 아가씨의 손에는 화상이 없어요."

순간 나는 온몸이 굳는 것 같았어.

"화상이요? 어떻게 그런… 그러니까 왜 내 부모는 그걸 눈치채지 못하셨죠?"

"그걸 아는 사람은 저 하나밖에 없어요, 한나. 이름이 한나라고 했죠?"

이번에는 몸이 완전히 얼어붙어 버렸지. 지난 몇 개월 동안 내 이름을 한 번도 들어 본 적이 없었거든.

"이야기해 줘요. 내가 알아야 해요."

그녀는 파이의 상태를 보기 위해 잠깐 화덕 안을 들여다봤어. 그러고 나서 그치지 않는 울음을 달래려 애쓰며 이야기를 시작했지.

"블랑슈가 이 이야기를 해 드렸죠, 하지만 그게 전부가 아니에요. 그날 숲속의 빈터에서 알리제와 나는 불을 피워 놓았답니다. 자주 그렇게 했죠. 몸을 녹이려고, 혹은 그냥 재미로 구경하려고, 그렇지 않으면 요리 놀이를 하려고 말이죠. 브람세르가 바람처럼 연못 주변에 나타났을 때 나는 정신이 나갈 정도로 공포에 사로잡혀 있었어요. 그 모습이 정말 악마 같았죠. 나는 내 팔에 알리제를 꼭 안고 달리기 시작했어요. 브람세르는 바로 그 불 근처에서 우리의 앞을 막아선 거죠. 그리고 바로 거기서 우리는 서로 맞서서 싸우게 된 거예요. 어린 알리제는 안간힘을 다해 내 몸에서 떨어지지 않으려고 그녀의 팔과 다리로 그리고 손톱으로 나를 꼭 붙잡았어요. 나는 그녀를 내 팔 안에 안고 있었는데, 그러는 동안 브람세르가 나를 가격하게 된 거예요. 그러면서 알리제를 나에게서 떼어내려고 했어요. 하지만 알리제가 절대로 떨어지려고 하지 않자 그 괴물로서도 어떻게 할 수가 없게 되었죠. 그러다가는 우리 둘을 한꺼번에 들고 가게 생겼으니까, 그는 불 속에서 시뻘건 불덩이를 꺼내 쥐었어요. 한 손에 가득! 그 모습을 잊을 수가 없어요. 굳은살이 타는 냄새가 났죠. 그는 쥐고 있던 불덩이를 알리제의 손등에 갖다 댔어요. 그러자 알리제는 소리를 지르면서 나를 꼭 붙잡고 있던 손을 놓아 버렸죠. 하지만 그 괴물은 멈추지 않고 계속해서 그 불덩이로 알리제의 손목을 눌렀어요. 그러면서 나를 보고 히죽거리면서 말했죠. '이렇게 하면 칠 년 후이 아이를 더 쉽게 알아볼 수 있겠지?' 그러면서 아이를 낚아챘어요. 알리제를 팔에 안은 그는 덤불 숲속으로 사라져 버리고 말았어요. 언제 다쳤는지 내 눈에서 피가 흐르고 있었지만 고통조차 느낄 수 없었어요. 차라리 죽어버리고 싶었죠. 하지만 나는 일어서서 성으로 달리기 시작했어요. 이 사실을 알려야 했기 때문이죠. 왕은 휘하의 모든 사냥꾼들을 숲으로 보내 그 괴물을 찾도록 했지요. 하지만 모든 게 다 헛된 일이었지요."

그녀의 이야기는 계속되었어.

"이렇게 나의 기나긴 밤은 시작되었죠. 그날 이후 나는 웃음을 잃어버렸어요. 잠도 이룰 수 없었어요. 오직 알리제 생각뿐이었죠. 지난가을, 공주님이 돌아왔다는 소식을 들었을 때, 다리를 움직일 수 없을 만큼 떨렸어요. 나는 하녀들이 아가씨를 목욕시켜 주는 방으로 가 봤어요. 살짝 열려 있는 문틈으로 아가씨의 손을 보았죠. 그리고 나는 곧 아가씨가 알리제가 아니라는 사실을 알게 되었어요. 하지만 아가씨는 너무나도 알리제를 닮았어요! 어떻게 그렇게 닮을 수 있을지! 나는 사람들이 아가씨와 알리제를 혼동하는 것을 이해할 수 있어요. 결국 아가씨가 누구인지를, 아니 그보다 아가씨가 그 누군가가 아닌지를 아는 사람은 아가씨와 저밖에는 없었던 거예요. 하지만 그 사실을 이야기할 수가 없었어요. 왕과 왕비가 너무나도 행복해하고 있었기 때문이에요. 나는 그분들을 또다시 실망시키고 싶지 않았어요. 이해하죠?"

아! 어떻게 내가 그 마음을 이해 못 하겠어? 우리는 그 순간 똑같은 고독 속에 갇혀 지내왔다는 동정심을 서로에게 느끼게 되었지. 우리 둘 다 힘든 비밀을 가지고 있었으니까. 우리는 서로 얼굴을 맞대고 두 뺨으로 흐르는 서로의 눈물을 느끼고 있었어. 오랜 시간 그렇게 앉아 있었지. 그러다가 그녀는 천천히 몸을 일으켰어.

"미안해요. 그냥 두면 저 파이들이 타 버릴 것 같아서……."

그녀는 온갖 장식으로 덮인 파이들을 화덕에서 꺼내 놓고 앞치마를 벗어 내려놓았어. 그녀의 키는 너무나 작아서 겨우 테이블 위로 얼굴이 올라올 정도였어.

"자, 이제 들어가서 좀 자야죠? 내일은 아주 긴 하루가 될 테니까요. 우리 둘 다 힘을 비축해 두어야죠."

"그래요. 잘 자요, 에띠에네뜨."

"잘 자요, 한나."

하지만 우리는 서로 떨어지기를 계속 주저하고 있었어. 난 창가로 갔지. 너무나도 투명하고 조용한 밤이었어.

"에띠에네뜨……."

"네?"

"저, 그 숲속의 작은 공간, 그리고 연못, 그러니까 지난 시간 당신이 알리제 공주와 불을 피웠던 그곳 말이에요. 가 보고 싶어요."

그녀가 깜짝 놀라며 내게 물었어.

"지금이요?"

"네, 지금이요. 어찌 되었건 알리제 공주가 납치된 게 오늘로 딱 칠 년이 되지 않았어요? 만약 그녀가 다시 나타난다면 그건 틀림없이 그 숲속 빈터일 거예요. 그녀가 납치된 곳이니까요. 긴 세월이 지났는데 어떻게 혼자 성으로 돌아올 수 있겠어요? 어때요? 내 생각이 바보 같아요?"

에띠에네뜨는 나를 쳐다보며 처음으로 웃었어.

"네, 바보 같아요. 하지만 그렇게 할래요."

난 내 방으로 쏜살같이 달려갔어. 그리고는 내가 즐겨 입던 흰색과 푸른색이 어우러진 드레스를 입고, 그 위에 외투를 걸쳤어. 그리고 정확히 왜 그랬는지 모르겠는데 난 내 가방과 담요를 챙겨 들었어. 에띠에네뜨는 완전히 검은색 옷으로 둘러싸고, 문 앞에서 나를 기다리고 있었지.

"소리를 내면 안 돼요. 근위병들이 깊은 잠을 자고 있지는 않을 테니까."

우리는 서둘러 성을 빠져나와 아주 빠른 걸음으로 숲을 향해 걷기 시작했어. 한밤중에 제정신으로 하기 힘든 일이었어. 우리는 그 사실을 너무나도 잘 알고 있었지. 하지만 하늘을 떠가는 묘한 형상의 구름을 보면서, 밤을 지키는 새들이 꼼짝도 하지 않고 우리를 쳐다보고 있는 모습을 보면서, 살살 불어오는 바람에 부스럭거리는 나뭇잎 소리를 들으면서, 우리는 무언가 그날 밤 이상한 마법의 기운이 흐르고 있다는 것을 느꼈어. 우리의 심장은 마구 뛰고 있었지.

"한나, 숲이 얼마 남지 않았어요. 무섭지 않아요?"

에띠에네뜨가 내 손을 꼭 쥐면서 물었어.

난 무섭지 않았어. 우리는 나무가 무성한 숲속으로 들어갔지. 보름달이 환상적인 하얀 빛으로 숲을 밝혀 주고 있었어. 아마도 둘이 동시였던 것 같아. 길 저 끝에서 무언가 희미한 실루엣이 움직이는 걸 본 것 말이야. 분명 사람이었어. 바람에 머릿결을 날리는 모습이……. 에띠에네뜨는 움직이지 않고 가만히 서 있었어. 나도 역시 그렇게 했지. 우리는 숨을 멈추고 기다렸어. 그다음은 정말 꿈과 같은 일이 일어났지. 저 멀리서 우리 쪽으로 다가오는 그림자는 낡고 지저분해진 드레스를 입고 있는 한 소녀였는데, 그 모습은… 바로 나였어. 달리 어떻게 표현할 수가 없어. 나를 닮은 게 아니라 바로 나였어! 머리 색깔이 조금 덜 갈색이었을까, 키도 약간 더 큰 듯한 것 빼고는 말이야. 에띠에네뜨는 내 손을 놓고 그녀에게로 돌진하기 시작했어.

"알리제! 오, 내 불쌍한 알리제."

"에띠에네뜨!"

그녀 또한 반가운 이름을 외치며 달려왔지.

그 소녀는 자기의 하인을 맞이하려고 무릎을 굽히고 팔을 쭉 뻗었어.

그 순간부터 이 둘에게 나는 더 이상 없는 사람이나 다름 없었어.

"그 긴 시간 동안 어디에 가 있었던 거예요?"

에띠에네뜨는 울면서 말했어.

"나도 모르겠어요. 마치 그동안 잠들어 있던 것 같았어요. 조금 전 깨어났거든요. 우리가 피웠던 불 옆에서 말이에요. 불은 꺼져 있던걸요? 알고 있어요?"

"걱정하지 말아요. 불이야 다시 피우면 되죠."

"아니, 싫어요. 더 이상 불은 싫어요."

그녀의 왼쪽 손목에는 주름진 피부의 화상이 분명하게 드러나 보였어.

"엄마, 아빠가 걱정하실 텐데, 우리 떠나온 지 오래됐죠?"

"그래요. 아주 오래됐죠. 이제 돌아가야 해요."

잠시 후, 알리제는 나를 쳐다봤어. 그녀의 눈은 이렇게 묻고 있었어. '누구예요?'

"한나라고 해요."

에띠에네뜨가 말했지.

"그러니까……."

나는 그녀가 더 이야기하기 전에 말을 자르고 이렇게 말했어.

"알리제, 미안해. 원치 않게 네 자리를 잠시 차지하고 있었어. 하지만 이제는 떠날 거야. 에띠에네뜨가 모든 걸 다 설명해 줄 거야."

나는 모직 외투를 벗고서, 내가 즐겨 입던 그 흰색과 파란색의 드레스를 그녀에게 건네주었어.

"이걸 입어. 네 거니까."

나는 그날 저녁 팔에 끼고 있던 은으로 된 예쁜 팔찌도 그녀에게 돌려주었어. 그리고 내가 좋아하던 반지도 손가락에서 빼내려 하자 에띠에네뜨가 말렸지.

"그건 추억으로 가져가요. 안 그러면 먼 훗날 아마도 꿈을 꾼 줄 알 거예요."

알리제가 흰색과 파란색이 어우러진 드레스를 입자, 그녀는 흠잡을 데 없는 공주의 모습을 하고 있었어. 그 모습은 결코 내가 흉내 낼 수 없을 것 같았지. 우아한 광채가 나는 그 모습도 그렇지만 무엇보다 그녀는 진짜 공주였으니까! 그전에 입었던 내 옷의 감촉이 피부에 느껴졌고, 익숙한 냄새가 났어. 하지만 난 질투심은 전혀 느끼지 않았어. 오히려 다시 자유의 옷으로 갈아입은 듯한 느낌이었어. 내가 잠시 벗어 놓았던 자유의 옷.

에띠에네뜨와 마지막 포옹을 하기 위해 나는 몸을 굽혔어.

"안녕, 에띠에네뜨. 우리는 너무 늦게 친구가 되었어요."

"친구가 되는 데에 결코 너무 늦었다는 말은 어울리지 않아요."

그녀는 웃으며 말했어.

"이제 어디로 갈 거죠?"

"실은 오래전부터 크자르강을 찾고 있었어요. 혹시 알아요?"

"네. 하지만 한 번도 본 적이 없어요. 내가 알기로는 어느 누구도 그 강에 가 본 적이 없죠. 그곳에 가려면 오른쪽으로 바다를 두고 서쪽으로 아주 많이 걸어야 한다고 들었어요. 그쪽에서 물길이 시작된다고 해요. 잘 가요, 한나. 날이 새기 전에 우리는 성으로 들어가야 해요. 좋은 여행이 되길 바라요. 조심하고요."

나는 알리제와도 포옹을 했어. 그녀는 나보다 부드러운 피부를 가지고 있었지. 눈 또한 더 맑은 것 같았고. 나는 그들이 떠나는 모습을 계속 지켜봤어. 멀리 실루엣을 남기며 사라질 때까지. 그녀들이 완전히 사라졌을 때, 나는 마치 동화의 마지막 페이지를 읽는 듯한 느낌이 들었어. 커다란 침묵이 잠시 흐르더니 새 한 마리가 그 침묵을 깨 주었지. 새벽을 알리는 소리. 그러자 또 다른 한 마리가 그 소리에 답을 하기 시작했지. 나는 그 소리를 들으면서 발길을 돌렸어. 에띠에네뜨를 뒤에 두고, 알리제 공주, 네스토 국왕, 알폰신 왕비를 뒤에 두고, 그리고 이 왕국의 모든 이들을 뒤에 두고. 그리고 나는 길을 떠나기 시작했어.

# 제14장 크자르강

바르나베의 오두막은 처음 내가 본 모습 그대로 서 있었어. 혼자 미소를 머금으며 그 앞을 지나는데 마치 그 애의 목소리가 들리는 듯한 착각이 들기도 했지. '이쪽 아니면 이쪽? 어느 것을 고를래?' 조금 더 지나서 나는 두 갈래 길이 시작되는 곳에 이르렀지. 육 개월 전, 그러니까 지난가을 내가 앞에 두고서 어느 쪽으로 갈까 망설였던 그 두 갈래 길!

그다음 보냈던 며칠 동안의 일들은 서로 뒤섞여 잘 정리가 되지 않아. 그저 계속해서 걸었을 뿐이거든. 언덕과 계곡 길을 따라서, 숲을 가로지르고, 갈대밭을 따라, 마냥 걸었어. 마을로 들어가는 길은 되도록 피했지. 또다시 알리제 공주가 되고 싶지는 않았으니까. 비어 있는 헛간에서 잘 때도 있었고, 때로는 별을 보면서 자기도 했고, 또 꼬박 밤을 지새운 날들도 있었어. 갈증과 허기에 시달리기도 했어. 이 여행을 시작한 이래 처음으로 배에서 꼬르륵거리는 소리를 들으며 걷던 적도 있었어. 그럴 때면 꼭 화덕 안에 들어 있던 에띠에네뜨의 파이가 머릿속에서 뱅뱅 맴돌곤 했지. 그렇게 먹음직스럽고 예쁘게 생긴 파이를 맛볼 수 있는 기회가 내 운에는 없었나 봐.

얼마 지난 후에는 내 몸을 숨길 이유도 없어졌어. 더 이상 사람이 살지 않는 곳이 시작됐거든. 나무나 풀도 점점 줄어들었고. 바람은 쉬지 않고 불어댔어. 나무나 풀도 없는 벌판에서 맞는 바람은 정말 견디기 힘들어. 나는 한참을 바위로 된 넓은 고원을 걸었어. 밤이 되면 바위 뒤에 몸을 웅크리고 추위를 피하면서 겨우 몇 시간 잠을 청하곤 했지. 내 오른쪽 멀리에는 아마도 바다가 있었을 거야. 지금에야 바로 그때, 멀지 않은 곳, 절벽 쪽에서 너 역시 같은 방향을 향해 걸어오고 있었다는 걸 알았지만 그때는 전혀 몰랐었지. 사실 우리는 그때 그다지 멀지 않은 곳에 있었던 거잖아? 그때 너도 그랬겠지만 토멕, 나 역시 하루하루를 어떻게 지냈는지 모르겠어. 절망에 빠지기도 했지. 그러다가 굶주린 몸을 이끌고 다다른 곳이 과일나무가 자라는 그 숲이었던 거야. 그곳에서 정말이지 질릴 때까지 먹었던 커다란 복숭아와 하얀색의 코코넛 즙은 잊을 수가 없어. 하지만 거기서 만난 가장 놀라운 사건은 바로 포드콜과의 만남이었어!

그날 저녁 나는 어느 나무 아래 자리를 잡고 담요 속에서 웅크린 채 잠을 청했어. 아침이 되어 잠에서 깨어날 즈음, 무언가 이상한 느낌을 받았어. 아니, 이상하다기보다 좋은 느낌이었던 것 같아. 이른 아침의 찬 공기 대신 내 등에서 따뜻한 온기를 느끼고 있었으니까 말이야. 마치 누군가 내 등 위에 두꺼운 가죽 외투를 덮어 준 듯한 느낌이었어. 다만 보통 가죽 외투는 숨을 쉬지 않지. 특히 가죽의 원래 주인은 그 외투 안에 없어야 되는 거잖아? 그런데 이 외투 안에 있는 무언가는 살살 내 목에 숨을 내쉬고 있었어. 나는 따뜻한 숨결을 느끼고 있었던 거지. 게다가 편안하다 못해 조용히 코를 골기까지 했어. '아, 얼마 만에 맛보는 늦잠이냐. 꿀맛이다.' 그렇게 속삭이는 것 같았어. 이 커다란 느림보곰은 날카로운 발톱이나 이빨도 없어, 사나운 구석이라고는 찾아볼 수가 없었어. 난 그 짐승의 배를 살살 긁어주었는데, 아마 그러지 말아야 했는지도 몰라. 이 녀석이 내가 평생을 데리고 살려고 하는 줄 알았나 봐. 그다음부터는 절대로 떨어지려고 하지를 않는 거야. 한 번도 내 옆을 떠나질 않았어.

그렇게 녀석과 함께 다음 날 발견한 것이 바로 우리의 크자르강이었어. 그날 아침부터 난 강이 그다지 멀지 않다는 느낌을 받았어. 그래서 빠른 속도로 걷기 시작했지. 심장의 고

동 소리에 맞춰서. 포드콜은 내 옆에서 계속 몸을 흔들어 댔어. 감초 맛 나는 콩을 입안에 물고서 계속 불안한 듯 힐끗힐끗 나를 쳐다봤어. '어딜 그렇게 급하게 가니? 모르겠다만 네가 가니까 나도 따라가는 수밖에……' 정오 즈음 되어서 우리는 한 봉우리를 오르게 되었지. 그리고 정상에 섰을 때, 말을 잇지 못하고 가만히 서버리고 말았어. 거기에 있었던 거야. 웅장하고 고요하게 침묵을 지키면서. 내 발 바로 앞에. 거꾸로 흐르는 크자르강 말이야. 예전에 한 이야기꾼으로부터 이 강 이야기를 들은 이후로 그것은 내 운명이 되어버렸어. 그리고 나는 처음부터 이 위대한 강에 대한 믿음을 가지고 있었어. 그렇지 않았다면 어떻게 내가 그 많은 산, 사막, 숲, 바다를 쉬지 않고 건널 수 있었겠어? 그런데 바로 지금 그 강이 내 앞에 펼쳐져 있는 거야. 바로 내 눈앞에, 손만 뻗으면 담그고 적실 수 있는 그 거리에, 원하면 마실 수도 있는 바로 그 앞에. 나는 정신이 혼미해질 정도로 격한 감동과 흥분으로 아무것도 할 수가 없었어. 그런데 이렇게 감동적인 순간을 같이 맞이할 사람이 옆에 아무도 없다니……. 물론 포드콜을 제외하고 말이지. 녀석은 입안에 물고 있는 콩을 빼고는 아무런 관심도 없었으니까!

나는 우리 둘이 타고 건널 수 있을 정도의 단단한 뗏목을 만들었어. 그리고 그 뗏목을 타고 출발했지. 우리는 고요한 물 위를 정확하게는 잘 모르겠지만 하루 이틀 정도 항해를 한 것 같아. 포드콜은 엄청난 물을 먹게 될 일이 생길까 두려웠는지 꼼짝도 안 하고 있었어. 난 긴장을 달래 주려고 줄곧 머리를 쓰다듬어 주었어.

"자, 포드콜, 걱정하지 마. 혹시 알아, 네게 숨겨진 수영 실력이 있을지?"

그 녀석은 나를 불쌍한 눈으로 가만히 쳐다보는데, 마치 이렇게 말을 하고 있는 것 같았지. '어떻게 내가 수영을 할 수 있다고 생각해? 난 한 번도 해 본 적이 없는데! 나에게 이런 끔찍한 경험을 하게 만들다니!'

오후가 되자 태양이 내리쬐면서 몸이 나른해지는데, 바로 그때였어. 바위 위로 소년 모습의 가느다란 실루엣을 발견했던 게 말이야. 난 멀리서도 잘 보거든. 그 먼 거리에서도 그 모습의 주인이 너라는 걸 바로 알 수 있었어. 나는 펄쩍펄쩍 뛰며 소리를 질렀지. 그런데 사실 그때 뭐라고 소리를 질렀는지 지금 생각해 보면 알 수가 없어. 그때만 해도 아직 네 이름을 모르고 있었으니까 말이야. 거기서 너를 발견한 게 얼마나 나에게 큰 행복을 주었는지. 그건 말이야, 네가 그곳까지 나를 찾아서 왔다는 말이잖아. 세상 모든 사람으로부터 잊혀진 그곳까지 수많은 위험을 무릅쓰고. 말하자면, 이제부터는 나 혼자가 아니라는 말이잖아. 그다음부터는 네가 알고 있는 그대로지, 토멕. 우리가 함께 그 성스러운 산을 넘었잖아. 함께 내 멧새에게 줄 물을 담았고, 그리고 함께 네 마을로 돌아왔잖아?

기억해 봐. 내가 너에게 그 물을 맡겨 놓고 떠났었지? 다시 돌아온다는 걸 너에게 확신시켜 주기 위해서 말이야. 며칠 후 다시 홀로 길을 떠났어. 그래야 했으니까. 내가 '곧 돌아온다'고 약속했으니까. 호다에게 그리고 내 양부모님께 말이야. 이 '곧'은 이미 오래전부터 지킬 수 없는 약속이 되어버렸지. 이제 남은 건 '돌아온다'밖에 없었어. 그래서 나는 세 번째로 너를 다시 남기고 떠날 수밖에 없었어. 너에게 다시는 떠나지 않겠다고 약속을 해 놓고서 말이야. 너를 다시 만났을 때 그토록 행복했음에도 말이야. 그리고 너를 다시 놓고 떠난다는 게 나에게는 정말 큰 아픔이었는데도 말이야. 이제는 너에게 말할 수 있어. 그것이 내 여행 중 가장 잔인한 선택이었다고. 너를 두고 혼자 길을 떠난다는 선택 앞에서 나는 갑자기 모든 것을 포기하고 싶어졌어. 어떻게 또다시 저 사막을 건널까? 그 위험한 낭떠러지가 있는 하늘길을 무사히 통과할 수 있을까? 그리고 만약 이 모든 역경을 무사히 통과한다 해도 내 멧새를 만날 수는 있을까? 혹시 내가 떠난 바로 다음 날 죽어버렸다면? 그리고 나의 멧새가 살아 있다 해도, 동생 호다와 부모님을 또 놓고 떠나야 하는데……. 그리고 다시 이 머나먼 길을 떠나와야 하는데……. 지금 갈 용기도 사실 없는데 올 용기까지는……. 나는 모든 가능할 법한 방법을 짜내어 봤지만 생각해 내는 것마다 최악의 선택같이 보였어.

나는 사실 그때 하마터면 네게로 다시 되돌아갈 뻔했어. 북쪽이 아닌 남쪽으로 말이야. 이제는 쉬고 싶었고, 정말이지 아무 생각도 하고 싶지 않았어. 길가에 있는 커다란 돌멩이 위에 걸터앉아 한 시간도 넘게 그렇게 있었어. 막막한 상태로, 용기를 완전히 잃은 상태로 말이야. 여행을 시작한 이래 처음으로 앞으로 무엇을 어떻게 해야 할지 아무것도 알지 못한 채.

자리에서 일어났을 때까지도 어떻게 해야 할지, 어느 방향으로 가야 할지 정하지를 못했어. '머리가 판단을 하지 못하는 이상, 그냥 내 다리가 선택하는 쪽으로 가자.' 하고 두 다리의 선택에 모든 것을 맡겼지. 내 다리는 북쪽으로 걷기 시작했고 나는 따라갔어.

## 제15장 만찬

그렇게 결정한 게 옳았어. 잠시나마 나에 대한 믿음을 잃었던 게 잘못이었지. 왜냐하면 말이야, 삶은 우리가 생각하는 것보다 더 많은 행복과 신비로움을 가지고 있어. 우리가 절망에 빠졌을 때, 삶은 색다른 선물을 준비하지. 그리고 그 인생이 나를 위해서 새롭게 창조해낸 것은 말이야, 내가 결코 상상도 못 한 것들이었어.

우선 나는 사막이 끝나는 곳에 있는 그 도시에 별 어려움 없이 비교적 빨리 도착했어. 다르게 말하면 사막이 시작되는 곳이지. 그곳은 여전히 많은 사람들이 활발한 모습으로 생활하고 있었어. 나는 막연하게나마 우연한 만남을 기대하며 이리저리 걷고 있었어. 사막을 또 나 혼자 걷고 싶지는 않았거든. 일 년 전에는 아무 생각 없이 시도했던 일이었지만 그때는 두려운 생각이 들더라고. 그런데 막연한 내 희망이 거짓말처럼 눈앞에 나타났어. 어떻게 그 모습을 못 알아보겠어! 밝은 흰색의 긴 옷을 입은 다섯 명의 뒷모습을 발견했을 때, 나는 바로 알 수 있었어. 침묵하는 자들! 나는 사람들을 밀치며 앞으로 달려갔지.

"저기요! 잠깐만요!"

동시에 돌아보는 다섯 명의 입가에는 커다란 미소가 그려졌어. 그 입으로 동시에 이렇게 외쳤지.

"한나!"

그들은 내 이름을 잊지 않았던 거야! 이름을 가르쳐 준 건 마지막 헤어질 때 단 한 번뿐이었는데 말이지.

"아저씨들을 다시 만나다니, 정말 반가워요! 소금은 다 파셨어요? 어디로 가세요? 혹시 사막 건너가세요? 저도 같이 가도 돼요?"

다섯 명의 팔이 활짝 열렸어. 손바닥은 하늘을 향한 채. '한나, 여전히 그대로구나. 예나 다름없이 수다쟁이야. 그런데 우리는 예나 다름없이 말을 안 하지. 물론 우리와 함께 가도 되고말고.'

우리는 바로 다음 날, 길을 떠났어. 이게 얼마 만에 만나는 행복인가 싶었지. 사막의 고요함, 같이 길을 떠나는 동료들의 침묵. 그리고 옅은 금색으로 빛나는 모래 언덕, 그들의 끝없는 인내. 낙타 옆에서 같이 걷는 길, 말을 하지 않으면서, 별이 빛나는 하늘을 보면서 밤을 보내는 것, 나는 며칠 만에 잃어버린 용기를 되찾았어.

말을 못하는 대신, 다시 글을 쓰기 시작했지. 밤이면 모닥불 옆에 앉아 잊지 않고 싶은 일들을 공책에 적곤 했어. 여행을 하면서 지났던 모든 장소의 지명들, 사람들, 특히 나와 크고 작은 인연을 맺은 사람들의 이름들 말이지. 라리크, 칸, 아이다, 페를리곰 부인, 블랑슈, 베리다 루시데몬, 에띠에네뜨, 바르나베, 콜리노 트라모노스티르, 네스토와 알폰신, 그레고리, 이오림 할아버지, 그 외의 수많은 사람들……

이오림 할아버지… 빈 병들에 둘러싸인 낡은 의자 위에 하얗게 유골로 변한 그를 발견하게 될 거라는 생각에 몸서리가 쳐졌어. 나는 벌써 사막 어디엔가 그를 위해서 작은 무덤 하나 만들 생각을 하고 있었지. 나를 기다리고 있을 다음 여정은 될 수 있으면 생각을 안 하려고 했어. 바로 하늘길 말이야. 현기증 나는 비탈길, 독수리 떼……

이번에는 낙타들이 소금을 등에 이지 않았기 때문에 일주일이 조금 못 되어 그 사막을 건널 수 있었어. 침묵하는 자들 중 한 명이 북쪽을 가리키며 이렇게 말했지.

"반 바이탄."

거기서 우리의 여정은 갈라졌어. 우리는 별다른 몸짓 없이 작별인사를 나누었지. 그들로부터 채울 수 있는 가능한 많은 예비 식량을 얻어 가방에 넣은 뒤 유령 도시로 서둘러 들어갔어. 물론 나를 기다리는 사람은 아무도 없었지. 망가진 의자 위에 놓여 있을 한 노인의 유골을 제외한다면 말이야. 내 기억으로는 딱 일 년 전 추위에 떨면서 잠을 청했던 그 오아시스에서 다음 날 밤을 맞이했던 것 같아. 이번에는 좀 더 잘 쉴 수 있었지. 그래서 다음날 좀 더 잘 걸을 수 있었고.

지평선 저쪽에서 금빛으로 반짝이는 반 바이탄의 무너진 성벽을 발견했을 때는 해가 이미 땅 쪽으로 많이 떨어진 후였어. 두려운 마음에 뛰는 가슴을 진정시키며 앞으로 한 걸음 한 걸음 다가갔지. 그곳에서 어렵지 않게 이오림 할아버지의 집을 발견할 수 있었어. 그런데 그 집 앞에는 할아버지도 낡은 소파도 보이지 않았어. 집 주변을 둘러봤지만 소용이 없었지. 혹시 장소를 옮겼나? 한낮 기온에 덥혀진 바람만 내 발밑을 돌면서 작은 모래바람을 흩날리고 있었지. 약간 섬뜩한 느낌이 들었어. 그래서 이렇게 유령들로 가득한 침묵보다는 차라리 사막에서 맞는 지독한 고독이 낫다는 생각이 든 거야. 그곳에서 빠져나가기 위해 난 도시의 동쪽에 있는 옛 오아시스 쪽으로 향했어. 이 먼지 가득한 장벽들 사이보다는 그곳에서 훨씬 더 잘 쉴 수 있을 거라는 생각에 말이야.

식물들이 죽지는 않았네. 그럼 물이 아직 있다는 말인가? 그레고리의 말에 의하면 사막이 점점 밀려와 이곳에서는 더 이상 물을 구할 수가 없다고 했는데, 이상한 일이야. 하지만 나를 더 놀라게 했던 게 있었어. 불과 내 앞으로 몇 미터 안 되는 거리에 엉성하게 지어진 작은 오두막이 하나 보이는 거야. 갖가지 판자 조각, 진흙, 나뭇가지 등으로 엮어 놓은 엉성한 오두막이었는데, 앙상한 나무 사이에 기대어 있는 듯한 모습이었어. 야자수의 넓은 잎들로 엮인 지붕 위에는 조그만 굴뚝이 하나 있었는데, 그 굴뚝으로 가느다란 연기도 피어오르고 있었어. 몇 미터 옆으로는 한가하게 풀을 씹고 있는 낙타 한 마리도 보였고. 난 소리가 나지 않도록 조용조용 오두막 쪽으로 걸어가서 귀를 기울였지. 그 안에는 누군가가 귀에 익은 멜로디를 휘파람으로 불고 있었어. 이 멜로디! 내가 처음 들은 게 그 독수리 사건이 있던 날 저녁에 야영을 하면서였지? 바로 이오림 할아버지가 노래하던 멜로디였어! 그 후로 할아버지는 달리는 마차 위에서 지루함을 달래기 위해 몇 시간이고 이 멜로디를 휘파람으로 불곤 했지. 그건 잊어버릴 수가 없었어.

그렇다면 이오림 할아버지가 살아계신다는 말인가? 죽은 자들 가운데 다시 살아나신 건가? 나는 분명 돌아가셨을 거라고 생각했는데! 몇 달 전부터 과거에 같이 보냈던 시간 속에서나 할아버지를 떠올리곤 했는데! 다시 살아 돌아오신 건가? 말도 안 돼! 이 선율을 아는 사람이 어디 이오림 할아버지뿐이겠어? 나는 살살 문을 열어 보았어. 그러고 나서 난 하마터면 뒤로 나자빠질 뻔했어. 충격과 놀라움으로 말이지. 앞에 있는 그 사람은 등을 돌리고 있었는데, 아마도 요리를 하기 위해 낡은 화덕 안으로 무언가 집어넣고 있었던 것 같아. 그가 입고 있는 옷은 내게 너무나도 익숙한 옷이었지. 난 조그맣게 그의 이름을 불러 보았어.

"이오림 할아버지!"

그가 뒤를 돌아봤지.

"오! 한나 양! 어떻게 이런 일이!"

'아! 할아버지, 여기서 놀랄 사람은 바로 저예요! 제가 떠날 때, 할아버지는 낡은 소파에 혼자 앉아 계셨죠. 할아버지의 백 살 생신이 되던 날 말이에요. 아무런 음식도, 물도 없이, 뜨거운 사막의 태양 아래서, 누구 하나 도와줄 사람 없이, 남은 계획이라고는 빨리 이 세상을 떠나는 것밖에 없이 말이에요. 그런데 일 년 후 다시 같은 곳에서 허리춤에는 앞치마를 두르고 휘파람을 불면서 쌀케이크를 만들고 계시다니요! 분명 쌀케이크 냄새가 맞죠? 맞아요! 이 냄새, 제가 잘 알죠. 이

제 캐러멜을 넣어야 하죠?' 이런 생각을 하면서 정작 입에서 나온 말은,

"이오림 할아버지… 아직 안……."

하마터면 입에서 '안 돌아가셨어요?'라고 말할 뻔했지. 하지만 이미 그 말의 반은 내뱉은 뒤였어. 할아버지는 내 말을 받아서 끝을 맺었어.

"아직 안 먹었느냐? 아니, 아직 안 먹었지요! 낙타의 젖은 우유와 달라 훨씬 진해요. 더 기다려야죠. 그리고 쌀을 너무 많이 넣은 것 같아. 잘 익지 않네. 한번 맛을 볼라우? 솔직히 말해 봐요. 맛이 어때요?"

난 벌써 내 입 앞까지 온 김이 모락모락 올라오는 숟가락을 훅 불고는 한입 먹어 보았어.

"괜찮은데요? 맛있어요."

그 상황에서 무엇을 먹든 맛이 없을 수 있겠어?

"그렇다면 우리 같이 먹어 볼까요? 아직 식사 안 했죠, 설마?"

오두막은 외부에서 보기보다는 꽤 넓었어. 그리고 생각보다 정리도 잘 되어 있었고. 내가 의자에 앉자 이오림 할아버지는 식사를 준비하기 시작했어. 식탁보는 많이 낡았지만 색이 변하지 않았고, 그릇들도 몇 개는 이빨이 빠졌지만 깨끗하게 보관되어 있었어. 두 와인 잔 속에는 돌돌 말아 놓은 수건이

꽂혀 있었지. 분주하게 이리저리 움직이며 어찌할 바를 몰라 하는 할아버지의 모습은 마치 약혼녀를 기쁘게 해 주려는 젊은 청년의 모습을 보는 듯했어. 양초만 하나 있으면 영락없는 연인들의 저녁 식사가 되기에 충분했지. 그런데 내가 그런 생각을 하기가 무섭게 그가 식탁의 서랍을 열더니 무언가를 꺼내려고 하면서 말했어.

"촛불을 피우려 하는데 어떻게 생각해요? 어여쁜 아가씨와 단둘이 마주 앉아 저녁 식사를 할 수 있는 기회가 매일 찾아오는 건 아니죠. 아마 마지막으로 그렇게 식사해 본 게 한 칠십 년은 되었을걸요."

그는 작은 컵 안에 촛농을 약간 흘려 떨어뜨린 후 그 위로 초를 올려세웠어. 그리고는 잘 녹은 캐러멜이 얹힌 쌀케이크와 시원한 물이 가득 담긴 유리병을 식탁으로 가져왔지. 나이는 감출 수 없는 듯, 민첩하지 않은 손놀림이었지만 나를 기쁘게 해 주려는 마음에 정성을 다하는 그의 모습은 감동을 주었지.

"술은 권하지 않으리다."

'술이라니요, 난 한 방울만 마셔도 머리가 핑 돌아버릴걸요. 하지만 오늘 저녁 할아버지의 모습은 너무나 매력적이에요. 만약 청혼을 하신다면 거절할 수 있는 사람이 몇이나 될까요?'

조용히 쌀케이크를 입에 넣는 동안 수만 가지 질문이 머릿속에서 맴돌았어. 하지만 나는 식사를 마칠 때까지 참기로 했지.

"이오림 할아버지, 어떻게 된 거죠?"

"어떻게 아직도 살아 있느냐? 이걸 묻고 싶은 거죠?"

"네."

"그래요. 내가 살아 있는 걸 보면 아마도 죽음이 나를 아직은 원하지 않은 모양이에요. 분명 내가 그렇게 해 달라고 제안을 했건만, 말을 듣지를 않네요! 소파에 앉아 이틀을 지내는 동안 나는 거의 모든 술병을 다 비웠다오. 그런데 죽기는커녕 취하기만 했다오. 힘은 넘쳐나는 듯했고. 정말이에요. 이틀간 아무것도 먹지 않았기 때문에 몸은 야위었지만 춤이라도 덩실덩실 출 것만 같이 몸이 가벼웠다오. 그러다 만취에서 깨어나니 내 자신이 그렇게 바보같이 느껴질 수가 없었어요. 그래도 조금 더 기다려 봤죠. 혹시 죽음이 갑작스럽게 찾아오지는 않을까 해서. 하지만 죽음은 나를 비웃기라도 하는 듯 꿈쩍도 안 하더군. 점점 지루해지기 시작했어요. 그러면서 나는 생각했다오. '바보 같으니… 어찌 그런 생각을 했는지!' 그래서 난 몸을 일으켜 세우고는 빵을 한 조각 먹기 시작했어요. 그레고리가 남겨 주고 간 그 빵 말이오. 그리고 나는 이곳 오아시스까지 걸어왔어요. 그리고 이곳에서 물이 다시 솟아나고 있는 걸 봤죠. '갈증으로 죽는 일은 없겠구먼. 물을 마시는 법만 안 잊으면 되는 것 아닌가.' 혼자 생각했지요."

나는 그의 이야기에 푹 빠져 귀 기울여 듣고 있었지. 하지만 그 모든 것들보다 더 놀라운 이야기가 남아 있었다는 걸 그때까지는 몰랐어.

"그리고는 그날 저녁, 산 아래의 지평선 저쪽에서 먼지구름이 피어오르는 걸 봤어요. 그게 뭔지 알 턱이 있겠소. 그런데 잠시 후 그 먼지구름이 가까이 왔을 때 잘 보니 그레고리였지 뭐요. 전속력으로 이쪽을 향해 달려오고 있는 거예요. '할아버지! 할아버지!' 소리를 지르면서 내게 달려오는 게 아니겠소. 난 물었지요. '뭐 잊은 거라도 있는 게냐?' 그가 잊은 건 아무것도 없었어요. 단지 떠난 걸 후회하고 있었던 거예요. '할아버지를 혼자 돌아가시게 할 수 없어요. 그렇게 놔둘 수 없다고요!' 하면서 내 어깨에 기대어 우는 게 아니겠소. 그래서 그에게 이렇게 말해 줬죠. '음, 그렇다면 마침 잘되었구나. 나도 말이다, 생각같이 잘 안 되더구나' 어때요. 이만하면 대답이 됐죠?"

이오림 할아버지는 그렇게 말하더니 크게 웃음을 터뜨리는데, 글쎄 어찌나 그 웃음이 전염성이 있던지 말이야. 우리는 웃음을 그치는 데 한참의 시간이 필요했어.

"그래서 그레고리를 따라가셨어요?"

"아니지요! 따라가긴… 그 녀석이 나를 설득하려고 하는데 난 꿈쩍도 안 했지요. 난 다시 돌아가려고 여기까지 온 게 아니라오. 그래서 결국 우리 둘이 나무 밑에 이 오두막을 한 칸 짓게 된 거지요. 반 바이탄에서 죽기를 원했지만 그렇게 안 되니 거기서 살 수밖에요! 그렇게 결정하고 나니 삶이 이렇게 즐거울 수가 없다오. 왜 진작 여기서 살 생각을 못 했을까 싶습니다. 아마도 물 때문이겠죠."

"그럼 그레고리는요? 여기에 자주 오나요?"

"두 달에 한 번씩 오지요. 아, 그러고 보니 그저께까지만 해도 여기 있었는데, 조금만 빨리 왔어도… 이 음식들 모두 그 녀석이 가져온 것들이지요. 쌀, 설탕, 빵, 술… 기특한 녀석! 여기 있는 가구들도 모두 그 녀석과 함께 여기저기서 주워 온 것들을 조립해서 만든 것이라오. 나는 여기서 이것저것 가구도 만들고, 요리도 하고, 저녁이 되면 저편 모래 언덕까지 걸어서 가요. 그곳에 가서 사막을 보다 돌아오고. 아! 정말이지, 지루할 수가 없는 나날들이라오. 이제 물도 다시 솟아나니 가끔 대상 행렬들이 지나가는 일도 있지요. 그렇게 세상 돌아가는 이야기도 접하고. 참, 이제 생각나는구려. 이거 아가씨 것 맞죠? 이 조그만 짐승……"

그는 의자를 밀고 일어서더니 오두막의 한구석으로 향했어.

뭘 말씀하시는 건지 내가 알 길이 없지. 다만 분명 그가 이렇게 말을 했어. '이거 아가씨 것 맞죠? 이 조그만 짐승.' 나는 잠시 생각을 하다가 기절을 할 뻔했어.

"그저께 그레고리가 가져온 거라오. 아가씨 것 맞죠?"

그가 나를 향해 내민 손끝에는 새장 하나가 들려 있었어. 그리고 그 안에는 분명 내가 집에 놓고 온 멧새가 들어 있었지! 터키색 깃털을 가진 내 작은 멧새. 나의 어린 시절을 늘 함께했던 새. 아빠의 선물. 천 년의 공주.

오두막이 흔들거리는 듯 현기증을 느꼈어.

"왜 그래요? 어디 아픈 데라도……."

"아니요. 괜찮아요. 단지 조금 놀란 것뿐이에요."

# 에필로그

멧새와 함께 그레고리가 가져온 것은 한 장의 편지였어. 내 양부모님들이 보낸 편지 말이야. 난 편지를 펼치기 전에 이오림 할아버지가 잠자리에 들기를 기다렸지. 그러고 나서 촛불 아래서 그 편지를 읽기 시작했어. 그 편지는 이제 내가 가장 소중하게 여기는 물건 중 하나가 되었지. 그보다 더 감동을 주는 사랑의 편지를 읽는 건 쉬운 일이 아니니까.

그분들은 이렇게 썼어. 내가 아무 말 없이 떠난 것에 대해 원망하지 않는다고. 내가 그분들의 소유물은 아니라고. 단지 얼마 동안 그분들의 예쁜 새장에서 데리고 있었던 것뿐이라고. 하지만 언젠가는 새장 밖으로 날아갈 거라는 걸 알고 있었다고. 그렇게 내 눈에 쓰여 있었다고. 그러면서 그분들은 내가 귀여운 야생동물 같다고 하셨어. 그리고 어디든 내가 있는 곳에서 행복하기를 바란다고 하셨지. 하지만 다시 보고 싶다고… 호다 또한 나를 무척 보고 싶어 한다고…….

나는 편지를 읽고서 한참을 울었어. 행복과 고통이 뒤섞인 울음이었지. 그날 밤의 절반은 그분들에게 답장을 쓰면서 보냈어. 내가 받은 편지만큼이나 정성을 다했지. 그 편지가 잘 들어가야 할 텐데. 나는 그 편지를 이오림 할아버지에게 맡겼어. 그레고리가 오면 그편에 전해 달라고 하면서. 내가 하늘에서 보낸 메신저를.

아! 토멕, 나에게 약속해 줘. 언젠가 나와 함께 길을 떠나 주겠다고 말이야. 이번에는 북쪽을 향해서. 그래서 그분들을 다시 만날 수 있도록 해 주겠다고. 언젠가는 모두가 함께 만날 날이 있을 거라고 말해 줘. 모두가…….

다음 날 아침이 되자 한 행렬이 지나가고 있기에 나는 그 대열에 합류했지. 새장은 가져갈 수가 없었기에 나는 멧새를 내 어깨에 앉히고서 또다시, 이번에는 나의 새와 함께 사막을 건넜어. 사람들이 빌려준 흰색의 내 옷 위에 앉은 파란색의 그 새는 누구의 눈에도 제일 먼저 띄었지. 사람들은 손을 우묵하게 모아 담은 물을 먹이기도 했어. 나의 멧새는 때때로 날개를 펼치고 날아올라 우리 머리 위를 뱅뱅 돌다가 내려앉기도 했지.

이제 나에게는 몇 개의 보물들이 있어. 내 양부모님이 보낸 편지, 이오림 할아버지가 주신 나침반, 아빠가 주신 멧새,

페를리곰 부인이 준 책, 알리제의 작은 반지… 그리고 토멕, 너는 내 살아 있는 보물이야. 그래서 어느 누구도 아닌 너에게 지금까지 이 기나긴 나의 이야기를 해 준 거야. 모든 이야기는 여기서 끝났어. 더 이상 할 이야기는 없지. 이제는 약속한 대로 입을 닫을 거야. 마지막을 위해 남겨 둔 이 말만 끝나면 말이지. 수다스러운 내가 고를 수 있는 세상에서 가장 아름다운 말, 내가 사막에서 배운 말, 그것은 바로 침묵이야.

장 클로드 무를르바 장편소설

# 거꾸로 흐르는 강 한나와 천 년의 새

**초판 1쇄 발행**   2023년 7월 18일

**지은이**   장 클로드 무를르바
**옮긴이**   임상훈
**펴낸이**   김종해

**펴낸곳**   문학세계사
**출판등록**   제21-108호(1979. 5. 16)
**주소**   서울시 마포구 신수로 59-1, 2층
**전화**   02-702-1800
**팩스**   02-702-0084
**이메일**   munse_books@naver.comr
**홈페이지**   www.msp21.co.kr
**페이스북**   www.facebook.com/munsebooks
**인스타그램**   www.instagram.com/munse_books

**책 값**   13,800원
**ISBN**   979-11-93001-16-5
ⓒ 문학세계사

옮긴이 **임상훈**

1966년 여수에서 태어났다. 한국외대에서 철학, 문화콘텐츠학을, 프랑스 렌느대학에서 언어학, 사회학, 심리학, 수학을 공부했다. 경남대, 한국외대, 경희사이버대 등에서 인문학을 강의했고 시사 월간지 《르몽 드 디플로마티크》 편집장을 지냈다. 현재 국제문제평론가로 언론과 방 송사에 기고, 출연하면서 인문결연구소에서 프랑스어, 인문학을 강의하 고 프랑스에 오가며 음향 고고학을 연구 중이다.